Christopher Golden est né dans le Massachusetts où il vit avec sa famille. Diplômé de l'Université de Tufts, il a travaillé pour le magazine *Billboard* à New York où il fut notamment en charge des « Billboard Music Awards » pour la chaîne Fox Television.

Depuis qu'il a décidé de se consacrer entièrement à l'écriture, il est reconnu comme un des spécialistes de la littérature de terreur. Auteurs de nouvelles, et surtout de romans d'horreur (on citera surtout *Strangewood* et *Shadow Saga*), il explore également le genre policier avec sa célèbre série pour adolescents « Body of Evidence ».

Il a été l'éditeur d'un ouvrage de référence qui a remporté le Bram Stoker Award : *CUT ! : Horror Writers on Horror Film*, et continue d'écrire régulièrement pour de nombreux journaux comme le *Boston Herald* ou *Disney Adventures*.

A paraître aux Etats-Unis en avril 2002, un roman très attendu : *The Ferryman*.

BUFFY CONTRE LES VAMPIRES
AU FLEUVE NOIR

1. *La Moisson*
   Richie Tankersley Cusick
2. *La Pluie d'Halloween*
   Christopher Golden et Nancy Holder
3. *La Lune des coyotes*
   John Vornholt
4. *Répétition mortelle*
   Arthur Byron Cover
5. *La Piste des guerriers*
   Christopher Golden et Nancy Holder
6. *Les Chroniques d'Angel I*
   Nancy Holder
7. *Les Chroniques d'Angel II*
   Richie Tankersley
8. *La Chasse sauvage*
   Christopher Golden et Nancy Holder
9. *Les Métamorphoses d'Alex I*
   Keith R.A. DeCandido
10. *Retour au chaos*
    Craig Shaw Gardner
11. *Danse de mort*
    Laura Anne Gilman et Josepha Sherman
12. *Les Chroniques d'Angel III*
    Nancy Holder
13. *Loin de Sunnydale*
    Christopher Golden et Nancy Holder
14. *Le Royaume du mal*
    Christopher Golden et Nancy Holder
15. *Les Fils de l'Entropie*
    Christopher Golden et Nancy Holder
16. *Sélection par le vide*
    Mel Odom
17. *Le Miroir des ténèbres*
    Diana G. Gallagher

18. *Pouvoir de persuasion*
Elizabeth Massie
19. *Les Fautes du père*
Christopher Golden
20. *Les Sirènes démoniaques*
Laura Anne Gilman et Josepha Sherman
21. *La Résurrection de Ravana*
Ray Garton
22. *Ici vivent les monstres*
Cameron Dockey
23. *Les Cendres de Salem*
Diana G. Gallagher
24. *Ce mal que font les hommes*
Nancy Holder
25. *La Tueuse perdue I : Prophéties*
Christopher Golden
26. *La Tueuse perdue II : Les Temps maudits*
Christopher Golden (janvier 2002)
27. *La Tueuse perdue III : Le Roi des morts*
Christopher Golden (février 2002)
28. *La Tueuse perdue IV : Bienvenue en enfer*
Christopher Golden
29. *Les Métamorphoses d'Alex II* (avril 2002)
Jeff Mariotte

Buffy
CONTRE LES VAMPIRES ™

CHRISTOPHER GOLDEN

LA TUEUSE PERDUE IV

BIENVENUE EN ENFER

D'après la série télévisée créée par Joss Whedon

FLEUVE NOIR

Titre original :
Original Sins

Traduit de l'américain par
Isabelle Troin

Collection dirigée par
Patrice Duvic

Note chronologique : Cette série de romans a pour point de départ le début de la quatrième saison de *Buffy contre les Vampires*.

ISBN : 2-265-07268-0

CHAPITRE PREMIER

— On y va, dit Buffy en se dirigeant vers l'escalier qui conduisait au sous-sol de la mairie.

Elle avait les nerfs à vif. De toutes les horreurs qu'elle avait affrontées, Rupert Giles était la pire. Pas seulement à cause de son intelligence, mais parce qu'elle l'aimait.

Dehors, il faisait grand jour. Le soleil brillait sur Sunnydale pendant que des escadrons d'agents du Conseil attaquaient les nids de Kakchiquels.

L'opération battait son plein. Pour avoir aidé à mettre le plan au point, Buffy savait que ses alliés brûleraient les nids et élimineraient les vampires qu'ils rencontreraient dehors. Ils n'avaient pas l'avantage du nombre, mais le soleil jouait en leur faveur.

Buffy craignait pourtant que l'issue de la bataille ne soit plus incertaine qu'ils ne voulaient l'admettre. Mais tout pouvait encore changer si elle tuait Giles. Privés de celui qu'ils considéraient comme leur roi, les Kakchiquels perdraient leur cohésion. Ça redeviendrait chacun pour soi, comme avant la transformation de Giles.

Quand ils avaient fait irruption dans la mairie, Willow avait jeté un sort pour brûler leurs adversaires. Les flammes avaient déclenché les sprinklers, et Christopher Lonergan – agent du Conseil et prêtre catholique – avait béni les jets d'eau tombant du plafond. Les vampires avaient tenté de s'enfuir, mais la plupart s'étaient désintégrés.

Les pouvoirs de Lonergan lui permettaient de sentir la présence des morts-vivants. En ce moment, il guidait le gros de leur unité dans les étages de la mairie, fouillant une pièce après l'autre pour exterminer ses occupants. S'il découvrait Giles, il avertirait immédiatement le petit groupe dont Buffy avait pris la tête pour explorer le sous-sol.

Ils n'étaient que quatre, mais ça lui convenait. A une époque, elle avait cru, pour être efficace, qu'elle devait devenir une Tueuse solitaire comme toutes celles qui l'avaient précédée. A présent, elle mesurait combien elle avait eu tort. Elle savait pouvoir compter sur ces trois-là quoi qu'il advienne, et peu importait le temps écoulé depuis la dernière fois qu'ils avaient combattu ensemble.

Ils passèrent devant les ascenseurs sans s'arrêter. L'alarme s'était déclenchée en même temps que les sprinklers. Toutes les cabines avaient dû s'immobiliser conformément aux procédures de sécurité.

Au bout du couloir, une porte coupe-feu barrait l'accès à l'escalier. Buffy ne prit pas la peine d'essayer la poignée. Elle flanqua un coup de pied au battant métallique, qui s'arracha de ses gonds et s'ouvrit en grinçant.

Le chiffre 1 était peint sur le mur en ciment nu de la cage d'escalier. Ici, ils étaient à l'abri des jets des sprinklers.

Buffy descendit les marches. Oz la suivit en reniflant. Willow était derrière lui, et Alex fermait la marche. L'arbalète pendait dans son dos comme une guitare, mais il ne la saisit pas, préférant dégainer un Glock 9 mm.

Aucun d'eux ne prononça un mot.

Au pied de l'escalier se dressait une autre porte. Juste à côté, les lettres SS étaient peintes sur le mur. Mais il n'y avait pas de gardes, ni rien qui sorte de l'ordinaire.

Buffy s'immobilisa sur la dernière marche. Elle sentait le souffle chaud du loup-garou dans son dos. Oz huma l'air et grogna.

— Je le capte aussi.

— Quoi ? demanda Willow.

— Je ne sais pas exactement, avoua Buffy. Une sorte d'énergie magique…

Willow contourna Oz pour la rejoindre. Buffy remarqua qu'elle caressa gentiment la tête du loup-garou au passage.

Son amie étudia la porte un moment, puis regarda Alex par-dessus son épaule.

— Je suis un peu fatiguée. Rattrape-moi si je tombe.

— Toujours, répondit Alex sans la moindre émotion.

— Hé, dit Buffy. Je peux le faire si c'est trop…

— Non, coupa Willow. Nous avons besoin de toi en première ligne. Tiens-toi prête.

Elle traça dans les airs des symboles cabalistiques et prononça quatre mots qui ressemblaient à du grec. Buffy sentit un courant d'air glacé lui souffler dans le dos et frissonna.

La porte se transforma en glace. Il y eut un craquement et un crépitement tandis que les fusibles sautaient. Willow vacilla, mais tendit le bras pour se rattraper au mur.

Alex avança pour la soutenir.

— Ça ira, assura-t-elle.

Oz les contourna pour s'approcher de la porte. Il grognait de plus en plus fort, et ses babines retroussées dévoilaient ses crocs luisants.

— Oz ! appela Buffy.

Le loup-garou tourna la tête vers elle. Elle ne lut aucune humanité dans son regard, mais elle savait qu'il comprenait au moins en partie ce qui se passait autour de lui.

— Giles est à moi ! déclara-t-elle.

Elle se tourna vers Willow et Alex, qui acquiescèrent. Alors, elle fit de nouveau face à la porte et lui flanqua un formidable coup de pied. Le battant explosa en un million d'échardes gelées.

Le sous-sol était plongé dans la pénombre. Il ressemblait davantage à un donjon qu'à la résidence d'un roi. Donc, il ne pouvait pas être l'antre de Giles.

D'autres couloirs débouchaient sur une grande pièce centrale qui devait autrefois servir de zone de stockage. Et qui en était toujours une, d'une certaine façon...

Une demi-douzaine de Kakchiquels aux yeux orange avancèrent vers les intrus. Mais ils ne pouvaient pas les empêcher de voir la scène qui se déroulait derrière eux.

Des chauves-souris étaient accrochées la tête en bas aux tuyaux qui couraient le long du plafond. Au-dessous, enchaîné à des barreaux d'acier enfoncés dans le sol en ciment, gisait le dieu-démon Camazotz.

Sa chair verdâtre et vérolée boursouflée comme celle d'une sangsue qui vient de festoyer, ses ailes flétries à peine visibles sous sa masse grotesque, il était couvert de plaies suintantes. Son corps tremblait et ses yeux écarquillés étaient d'une blancheur laiteuse. Un dieu aveugle ! Il darda sa langue entre ses crocs pour lécher ses lèvres craquelées.

Mais ce ne fut pas Camazotz qui horrifia le plus Buffy. Sept vampires se pressaient autour de lui, leur bouche collée à sa chair comme des chatons en train de téter leur mère. L'énergie qu'ils « siphonnaient » formait une aura crépitante autour d'eux.

— Répugnant ! cria Buffy.

Au son de sa voix, les vampires levèrent la tête. Leur visage était maculé du sang du démon.

Les sentinelles entourèrent les quatre amis. Camazotz gémit de désespoir.

Le dieu des chauves-souris est devenu fou, comprit Buffy.

— Giles n'est pas là, constata Alex. Débarrassons-nous d'eux en vitesse.

Les vampires bondirent, les yeux flamboyants et les crocs découverts.

— Tu lis dans mes pensées, dit Buffy.

Elle esquiva les bras tendus d'un buveur de sang et lui flanqua un coup de pied au menton. Son adversaire tituba mais ne tomba pas. Elle fit un pas sur le côté et lui expédia un second coup de pied latéral qui l'atteignit à la nuque. Le vampire trébucha.

Buffy lui plongea son pieu dans le dos avec assez de force pour qu'il transperce sa cage thoracique et se plante dans son cœur.

Autour d'elle, ses amis se déplaçaient avec une fluidité qui la réjouissait... et lui faisait un peu honte. Ils formaient une si bonne équipe !

Pourtant, par le passé, elle avait tenté de les tenir à l'écart de ses activités de Tueuse, comme si elle croyait possible de mener deux existences séparées : celle de Buffy Summers, l'étudiante, et celle de l'Elue. Ironie du sort, cette attitude avait valu à son âme de dix-neuf ans d'être projetée dans le futur. Désormais, elle habitait le corps d'une Buffy plus âgée de cinq ans.

Elle était si fière de ses amis qu'elle n'imaginait pas livrer une bataille majeure sans eux.

Willow dessina des symboles dans les airs et psalmodia dans une langue antique avec une assurance que Buffy lui envia. Sa queue-de-cheval rousse se balançait à chacun de ses mouvements gracieux.

Une vague de froid balaya la pièce, une des sentinelles se transformant en glace. Une autre explosa dans un nuage de flammes.

Les sept vampires qui tétaient le corps couvert de pustules de Camazotz s'arrachèrent à leur hébétude. Ils semblaient gorgés du pouvoir qu'ils venaient de voler à leur ancien maître, devenu une batterie vivante.

Buffy s'était toujours demandé d'où venait l'énergie qui rendait les Kakchiquels plus forts, plus rapides et plus résistants que les autres vampires. A présent, elle le savait.

Des coups de feu retentirent. Paniquées, les chauves-souris pendues au plafond prirent leur envol.

Buffy se retourna et vit Alex tirer sur deux sentinelles avec son Glock. Les balles ne tueraient pas les vampires, et le jeune homme le savait. Il cherchait seulement à les ralentir et à les déstabiliser. Rangeant le pistolet dans son holster de cuir, il empoigna son arbalète.

Un rugissement retentit sur la gauche de Buffy. Elle fit face au danger. Mais la menace n'était pas dirigée contre elle.

Oz arracha la tête d'une sentinelle. La chair et les os cédèrent avec un bruit écœurant ; puis le vampire explosa.

Le loup-garou se jeta sur les Kakchiquels qui venaient de se repaître de l'énergie de Camazotz.

Deux d'entre eux bondirent sur Buffy, qui esquiva. Jamais elle n'avait été dans une meilleure condition physique. Ses muscles roulaient sous sa peau tandis qu'elle frappait avec la précision meurtrière d'un scalpel.

Elle réussit à tenir ses deux agresseurs à distance. L'un d'eux, une vampire blonde, entra dans une telle rage qu'elle perdit toute prudence et tenta de la saisir à la gorge. Buffy la laissa approcher et lui plongea son pieu entre les côtes.

Les yeux orange de la créature s'écarquillèrent de surprise plus que de douleur. Puis elle se désintégra.

L'autre Kakchiquel, un chauve à la peau cuivrée, attrapa Buffy par les cheveux et tira. Au lieu de résister, la Tueuse se servit de son élan. Elle poussa sur ses jambes et fit un saut périlleux arrière. Surpris, son adversaire lâcha prise, mais pas avant de lui avoir arraché une poignée de cheveux. Buffy sentit du sang couler sur son crâne.

Le vampire chauve se tourna vers elle. Elle lui lança

deux coups de pied dans la tête et l'embrocha. Quand il explosa, un bruit de ventouse retentit, comme si l'énergie qu'il venait d'aspirer était libérée brutalement.

Le combat était presque terminé. Alex avait éliminé deux vampires avec son arbalète. Oz et Willow attaquaient les deux autres, qui se tapissaient derrière la masse répugnante de Camazotz.

Le dieu-démon continuait à pousser des gémissements aigus. Oz bondit et plaqua un des Kakchiquels au sol. Willow fit face au second en levant les mains, ses vêtements gonflés par le vent invisible qui ponctuait désormais l'usage de sa sorcellerie.

Buffy se détendit. Il ne leur restait plus qu'à rejoindre Lonergan et les autres pour traquer Giles. Elle se tourna vers Alex pour lui demander de contacter le prêtre par radio.

Mais une alarme se déclencha dans sa tête. Elle regarda Willow. Le dernier Kakchiquel était toujours tapi derrière Camazotz, dont il espérait sans doute se servir comme d'un bouclier. Buffy comprit ce qui allait se passer. Trop tard !

Le vampire se jeta sur le côté. Le sort de Willow le manqua et alla frapper l'énorme chaîne qui attachait le bras droit de Camazotz.

Les maillons se transformèrent en glace et se brisèrent. Le dieu-démon éclata d'un rire qui fit comprendre à la Tueuse qu'il n'était peut-être pas si fou qu'il en avait l'air.

De sa main libre, il tira sur ses liens pour se libérer.

— Il ne manquait plus que ça, marmonna Buffy.

Le *Bronze* était en ruine. Des explosifs avaient ravagé la façade, projetant des gravats et de la poussière de béton sur le plancher et sur la scène.

La lumière du soleil avait incinéré sept ou huit vampires. Un nid d'assez petite taille, mais il restait d'autres

Kakchiquels dans le bâtiment. Jusqu'à ce qu'Anna Kuei y fasse le ménage…

La Tueuse essuya le sang qui lui coulait sur le front. Wesley était là en compagnie du reste de leur unité. Les agents du Conseil fouillaient les décombres, contournaient le bar et les tables renversées pour s'assurer qu'aucun vampire n'avait échappé à leur vigilance.

Wesley aperçut sa protégée.

— Anna ! s'exclama-t-il en courant vers elle, sa vieille arbalète à répétition serrée contre lui. Je ne t'avais pas vue depuis un moment, alors…

Il s'interrompit en découvrant la coupure qu'elle avait sur le front.

— Vous avez cru que j'étais morte ? acheva Anna.

Wesley baissa les yeux.

— J'avoue que j'ai craint le pire.

Vous n'avez aucune confiance en moi ? pensa la jeune fille.

Mais elle n'osa pas poser la question à voix haute, tant elle redoutait d'entendre la réponse. En dépit de ses manières un peu affectées, Wesley était un combattant aguerri et un brillant stratège doté d'une connaissance époustouflante des créatures et des phénomènes surnaturels. Il était son Observateur et avait supervisé deux autres Elues : Buffy Summers, la Tueuse Perdue, et Faith, surnommée la « Brebis Egarée ».

Faith.

Le souvenir de la jeune femme réveilla des émotions enfouies au fond du cœur d'Anna. Affection, amertume et désespoir… Faith n'avait jamais tenté de dissimuler son passé douteux. Mais quand Sunnydale était tombée entre les mains des vampires, la Brebis Egarée était revenue au bercail. Libérée de son ancien égoïsme, elle s'était jetée à corps perdu dans la lutte contre les Kakchiquels.

Faith était la personne la plus courageuse qu'Anna ait connue. Même si elle le taquinait souvent, on voyait qu'elle éprouvait beaucoup de respect pour Wesley Wyndam-Pryce.

Il effleura le front d'Anna.

— Tu vas bien ? s'inquiéta-t-il.

— Oui, oui, fit la jeune fille.

Malgré l'entraînement qu'elle avait suivi, Anna n'avait aucune expérience du terrain. En cinq minutes, elle avait tué quatre Kakchiquels. Elle n'en avait jamais rencontré autant à la fois, et elle était impliquée dans la plus grande opération anti-vampirique organisée par le Conseil depuis des siècles. Même si elle serait morte plutôt que de l'avouer à Wesley, elle avait peur.

Mais Faith avait cru en elle. Wesley croyait en elle. Anna ne pouvait pas les décevoir.

Sur la mezzanine qui surplombait la piste de danse, quelque chose remua dans l'ombre. Anna entendit un bruit de tissu froissé. Elle se tendit, les muscles bandés et le pieu toujours à la main.

Un silence inquiet s'abattit sur le *Bronze* pendant que Wesley et le reste de l'équipe la regardaient approcher de l'escalier.

— Anna ? appela son Observateur.

La jeune fille tendit l'oreille. De nouveau, ce bruit. Celui d'une créature qui s'agitait dans sa cachette, tentant sans doute de se pelotonner dans l'ombre pour échapper au soleil.

— Descendez, dit la Tueuse d'une voix dure et froide.

Sur la mezzanine, une table se renversa. Une silhouette enveloppée d'une nappe jaillit et bondit sur la rambarde. De là, elle se laissa tomber sur la piste de danse jonchée de gravats.

Wesley tira, mais son carreau manqua sa cible, qui courait vers la brèche ouverte par les explosifs.

Un agent ouvrit le feu. Atteint à l'épaule, le Kakchiquel grogna mais ne ralentit pas.

Anna s'élança. Elle prit son élan, sauta sur une table et

se jeta sur le vampire. Le Kakchiquel perdit l'équilibre. Projeté en avant, il s'étala de tout son long sur le trottoir.

En plein soleil.

Il tenta de se recroqueviller sous la nappe, mais une de ses jambes brûlait déjà. Il lutta pour se relever. Anna arracha la nappe. Le vampire découvrit ses crocs, la lumière du jour découpant nettement les contours de son tatouage noir en forme de chauve-souris.

Des flammes jaillirent sur son corps et ses cheveux s'embrasèrent comme une torche imbibée d'huile. Le feu le consuma jusqu'à ce qu'il explose.

Anna frissonna. Elle savait que son boulot consistait à éliminer les vampires. Mais ça ne lui plaisait pas pour autant.

Un bruit de pas, derrière elle. La jeune fille se retourna. Wesley approchait en parlant dans le micro de son casque.

— Oui, madame Haversham. Nous en avons terminé ici.

Les autres agents se déployèrent. Selon les paramètres de la mission, ils devaient fouiller les bâtiments adjacents en quête d'annexes au nid principal. Mais Anne avait le pressentiment qu'ils ne trouveraient rien.

— Mme Haversham vient de m'informer que l'unité de l'*Hôtel Pacifica* a eu quelques difficultés, annonça Wesley. Nous devons aller lui prêter main-forte pendant que le reste de l'unité gagnera notre prochain objectif.

Gonflé d'adrénaline, le cœur d'Anna battait à tout rompre. Elle était terrifiée et terriblement excitée. Et cela ne lui déplaisait pas.

— Allons-y, dit-elle.

Wesley et elle grimpèrent dans une des Jeep dont disposait leur unité.

Tandis qu'ils roulaient vers le nord de la ville, Wesley lui transmit les nouvelles qui lui parvenaient par son casque.

Des cinq unités, deux avaient rasé leur première cible et filaient vers la seconde. Mais celles de l'*Hôtel Pacifica* et du nouveau lycée avaient rencontré une résistance plus importante que prévu.

Ils entrèrent dans le parking de l'hôtel : un bâtiment en stuc de cinq étages peint en orange clair. Le genre d'endroit fréquenté par les touristes qui n'avaient pas les moyens de loger au bord de la mer, les amateurs de science-fiction qui y tenaient des conventions miteuses, et les agents immobiliers qui y retrouvaient deux fois par semaine leur secrétaire pour un cinq à sept.

Enfin, autrefois. A présent, ses seuls résidents étaient des vampires.

La carcasse encore fumante d'une Jeep grise était à demi engagée dans la brèche qui remplaçait les portes d'entrée. Plusieurs combinaisons solaires argentées que les Kakchiquels portaient durant la journée gisaient sur le perron noirci, vides depuis que leurs occupants avaient été réduits en poussière.

Les agents du Conseil n'étaient nulle part en vue, à l'exception d'une femme et d'un homme. Debout derrière un convoyeur de troupes kaki, ils hurlaient dans le micro de leur casque.

Anna connaissait Terri Blum, mais pas son compagnon. Wesley s'arrêta près d'eux. Anna sauta à terre.

— Que s'est-il passé ? demanda-t-elle.

L'homme la dévisagea sans répondre.

— C'est Anna Kuei, la Tueuse, l'informa Terri.

— Dieu merci, soupira l'homme. Voilà la situation. La population du nid était supérieure à nos estimations, et il semble qu'elle nous attendait. Les vampires sont éparpillés dans tout le bâtiment, mais ils sont beaucoup plus nombreux que nous. Nous avons déjà perdu trois agents… Peut-être davantage.

Tous les regards étaient rivés sur Anna.

Elle n'avait aucune envie de se jeter dans la gueule

du loup. Mais elle imagina ses compagnons, des hommes et des femmes ordinaires, fouillant les ténèbres à la recherche des vampires qui les guettaient, et elle comprit qu'elle n'avait pas le choix.

— Très bien.

Elle courut vers l'entrée de l'hôtel et regarda Wesley par-dessus son épaule.

— Vous venez ?

Son Observateur sourit.

— Je ne manquerais ça pour rien au monde.

CHAPITRE II

Les chaînes cédèrent, libérant Camazotz.

Un lourd silence s'abattit sur le sous-sol. Puis les chauves-souris que la bataille avait dérangées émirent des couinements de protestation.

— Toi ! cria Camazotz d'une voix rauque.

Il était plus gros que lors de leur rencontre précédente… et beaucoup plus grand, aussi. Sa tête touchait presque le plafond du sous-sol, qui devait culminer à quatre mètres de haut. Son menton pendait sur sa poitrine, et une salive jaune dégoulinait de ses lèvres entrouvertes.

Le dieu-démon des chauves-souris avait commis une terrible erreur en ordonnant à un de ses Kakchiquels de transformer Giles en vampire. L'Anglais avait vite renversé Camazotz, l'emprisonnant plutôt que de le tuer, afin que ses anciens serviteurs continuent à disposer de son pouvoir. Désormais, il était l'objet d'une macabre communion.

Il fit un pas en avant. Le dernier Kakchiquel se recroquevilla dans l'ombre derrière lui. Camazotz ne lui prêta aucune attention. Pas plus qu'il ne sembla remarquer Willow et Oz.

— Willow, Oz. Reculez, ordonna Buffy.

Son amie obéit immédiatement. Le loup-garou renifla, comme s'il prenait la mesure du dieu-démon. Puis il se détourna à son tour, repoussé par la puanteur abominable de Camazotz. Il courut vers les deux jeunes femmes. Un instant plus tard, Alex les rejoignit.

Camazotz se déplaçait avec difficulté, titubant presque. Il baissa vers eux ses yeux couverts d'une pellicule blanchâtre.

— Toi, répéta-t-il en postillonnant de la salive jaune. La Tueuse ! Regarde ce que tu m'as fait. Je suis venu ici pour reprendre ma femme, et c'est à cause de toi que me voilà dans cet état ! Si tu n'étais pas intervenue, Zotziloha n'aurait pas eu un hôte assez puissant pour me résister. Je l'aurais reprise et punie comme il se devait. Mais j'ai dû la détruire.

Buffy saisit l'épée pendue dans son dos. L'arme qui lui avait servi à envoyer Angel en Enfer. Giles la lui avait-il donnée pour sa valeur symbolique, ou par goût du jeu ?

— Willow m'a déjà raconté cette lamentable histoire. Vous avez tué votre femme deux fois, et c'est moi que vous accusez ?

Avec un cri qui manqua crever les tympans de Buffy, Camazotz se redressa de toute sa hauteur.

Les chauves-souris pendues au plafond répondirent à son appel. Elles se répandirent dans le sous-sol, nuage sombre d'ailes et de griffes menaçant de crever les yeux de Buffy et de ses amis.

La Tueuse bondit sur Camazotz, dont les yeux crépitaient d'énergie. Son épée décrivit un arc de cercle et transperça le ventre du dieu-démon. Du sang et de la bile coulèrent sur le sol.

Willow et Alex battaient des bras pour se protéger des chauves-souris, mais Oz les ignora et se jeta dans la mêlée en grognant. Il sauta sur Camazotz et lui lacéra le visage. Ses griffes laissèrent de profonds sillons dans le crâne du dieu-démon, arrachant une de ses oreilles pointues.

Camazotz empoigna le loup-garou et le fit voler dans les airs.

Buffy brandit son épée. Elle allait l'abattre de nouveau sur son adversaire quand il tendit une main vers elle.

Un éclair d'énergie orange frappa la Tueuse, qui frissonna de douleur.

Serrant les dents, elle approcha lentement de Camazotz. Tout son corps était lourd et ses muscles engourdis. Mais elle parvint quand même à trancher la patte griffue du monstre.

— Prends ça ! Un moignon supplémentaire pour aller avec tes ailes.

Puis elle lui plongea la lame de son épée dans le ventre et tira vers le haut. La première blessure du dieu-démon commençait déjà à se refermer.

— Pourquoi refuses-tu de mourir ?

— Buffy ! cria Willow. Recule !

La Tueuse n'hésita pas. Jadis, malgré l'affection qu'elle portait à son amie, elle lui aurait demandé ce qu'elle comptait faire avant d'obéir. Mais plus maintenant. Elle avait une confiance totale en Willow.

Camazotz tendit son bras valide vers Buffy, qui recula très vite.

Des coups de feu retentirent. Quatre trous fleurirent sur la poitrine de Camazotz. *Alex*, pensa Buffy.

A l'autre bout de la pièce, Oz lâcha un grognement menaçant et fit mine de charger le dieu-démon.

— Oz, attends ! ordonna Willow.

Le loup-garou s'immobilisa sans quitter Camazotz des yeux.

Buffy vit que Willow s'était emparée de l'arbalète d'Alex. Ses amis saignaient d'une multitude de petites coupures. Autour d'eux, le sol était jonché des restes noircis des chauves-souris.

Alex tira de nouveau sur Camazotz.

— Il est difficile à tuer, dit Willow, mais il a un point faible. J'ai mis quelques années à le découvrir. Personne ne pourra dire que je néglige de faire mes devoirs…

— De quoi s'agit-il ? lança Buffy.

— Tu t'es déjà demandé pourquoi les civilisations antiques fabriquaient tellement de choses en or, alors que c'est un métal mou et peu pratique ?

Du bout de l'index, elle toucha le carreau encoché dans l'arbalète. Puis elle chuchota un sort dans une langue que Buffy ne reconnut pas, et le projectile se transforma en or.

— De l'alchimie, commenta Willow en visant. Le secret, c'est que ça fonctionne uniquement si on ne s'en sert pas pour un gain personnel.

— C'est nul, marmonna Alex. Je me demande bien qui a inventé cette idiotie !

Camazotz cria de rage et avança vers elle. Des étincelles orange couraient sur sa peau.

Buffy leva son épée. Mais elle n'aurait pas dû s'en faire : le carreau d'or décoché par Willow alla se ficher au milieu de la poitrine de Camazotz.

Anna avait de la poussière dans les yeux. Elle s'efforça de ne pas penser que c'était des cendres de vampires.

L'*Hôtel Pacifica* semblait désert. Mais dès qu'ils avaient posé le pied sur la première marche de l'escalier, Wesley et elle avaient été attaqués par deux Kakchiquels.

Tandis qu'Anna en repoussait un, l'autre lui avait bondi sur le dos, et elle avait cru que c'était terminé pour elle. Mentalement, elle avait même fait des excuses aux gens qu'elle allait décevoir en mourant.

Wesley avait tiré un carreau et pulvérisé la créature. Une seconde plus tard, Anna avait plongé son pieu dans le cœur de l'autre, se maudissant d'avoir accepté la défaite aussi facilement.

Au premier étage, l'escalier débouchait sur un hall aux murs décorés de tableaux modernes. La moquette était jonchée de cadavres.

— Grand Dieu, souffla Wesley dans le dos d'Anna.

Alors qu'ils passaient devant l'ascenseur, la jeune fille s'arrêta. Elle entendait des cris dans les étages du dessus. Des bruits de bataille.

— Ecoutez !

Wesley tendit l'oreille et plissa les yeux.

— Ça doit être tout en haut, dans la salle de bal, supposa-t-il, se remémorant les plans examinés avant la mission.

Anna appela l'ascenseur. Quelques secondes plus tard, la porte s'ouvrit. Anna était préparée à ce qu'un ou plusieurs vampires lui sautent dessus, mais la cabine était vide. Ils entrèrent et Wesley appuya sur le bouton du dernier étage.

Pendant la montée, les bruits augmentèrent, couvrant la musique douce qui sortait de deux haut-parleurs, juste au-dessus de leur tête. Wesley était prêt à transmettre leur position à Mme Haversham ou au commandant d'unité resté à l'extérieur. Il se plaqua contre la paroi, son arbalète à répétition pointée. Anna vit qu'il ne lui restait que quatre carreaux.

La porte coulissa.

Un seul regard suffit à Anna pour évaluer la situation. Trois agents morts ou évanouis gisaient sur le sol. La lumière du lustre éclairait une vingtaine de vampires qui avaient repoussé sept autres agents au fond de la pièce. Dans les mains de ses compagnons, Anna ne distingua que des haches, des arbalètes et des pistolets.

Les lance-flammes, pensa-t-elle. *Où sont les... ?*

Puis elle se souvint qu'un des cadavres du premier étage portait un réservoir sur le dos, et aperçut au centre de la salle de bal le second homme de l'unité équipé ainsi. Il avait la poitrine enfoncée.

— Wesley, le lance-flammes, chuchota Anna.

Alors qu'ils sortaient de l'ascenseur le plus discrètement possible, les agents survivants bondirent sur les vampires. Une hache en décapita un. Un carreau d'arbalète en pulvérisa un autre. Quelqu'un déboucha une fiole d'eau bénite et aspergea les Kakchiquels. Bien que brûlés, ils continuèrent à avancer.

Anna bondit sur le dos du vampire le plus proche et lui entoura la taille de ses jambes. L'empoignant par les cheveux, elle lui tira la tête en arrière et lui plongea un pieu dans le cœur.

La créature explosa. Anna tomba au milieu de ses cendres.

Six autres vampires se jetèrent sur elle, les crocs découverts et les yeux crépitant d'une énergie surnaturelle. Leurs tatouages identiques leur déniaient toute individualité, les rendant encore plus terrifiants.

Anna flanqua un coup de pied dans la mâchoire d'un de ses agresseurs. Ses dents se brisèrent, et il cracha du sang. Anna voulut se dégager, mais les autres la plaquaient à terre. L'un lui cogna la tête sur le sol, l'assommant à moitié malgré l'épaisseur de la moquette.

La jeune fille leva les yeux. Wesley s'était emparé du lance-flammes et arrosait deux des vampires. Ils hurlèrent avant de se transformer en deux nuages de braises jumeaux.

Pendant qu'Anna se débattait dans l'étreinte des vampires, elle vit un Kakchiquel ceinturer Wesley et lui enfoncer ses crocs dans le cou. Du sang coula sur le col de l'Observateur.

— Non, souffla Anna, horrifiée.

Une vampire d'origine asiatique, transformée très jeune, se pencha vers la Tueuse, qui sursauta à la vue de cette fille qui aurait pu être son double.

— Non ! cria-t-elle.

Elle martela de coups la poitrine de la vampire, lui brisant plusieurs côtes et la projetant en arrière. Les autres étaient toujours sur elle, mais elle n'avait plus peur. Et plus rien à perdre.

Un vampire dont la carrure et les traits évoquaient vaguement un troll saisit la Tueuse par les épaules. Elle lui enfonça sa main dans la bouche et tira, lui brisant la mâchoire. Les crocs lui entaillèrent la peau, mais elle n'y prêta pas garde.

Elle se releva d'un bond. Les Kakchiquels hésitèrent.

Au fond de la salle de bal, les agents se défendaient vaillamment. Mais il n'en restait plus que quatre, sans compter Anna et…

— Wesley ! cria la jeune fille en le voyant s'écrouler dans les bras de son agresseur.

De son meurtrier.

A deux mètres d'elle gisait le cadavre d'un agent qui serrait encore un fusil à pompe. Anna s'élança, écarta d'un coup de coude un vampire qui tentait de l'intercepter, ramassa l'arme et tira sur les fenêtres peintes en noir, de l'autre côté de la pièce.

Les vitres explosèrent, livrant le passage aux rayons du soleil. Ils ne pénétrèrent pas assez loin dans la salle de bal pour enflammer plus de trois vampires, mais l'agresseur de Wesley était du nombre. Il grogna et, lâchant sa proie à contrecœur, battit en retraite vers l'escalier.

Anna rejoignit son Observateur, s'accroupit près de lui et chercha son pouls. Il était vivant, mais pour combien de temps ?

Dans la pièce, plus personne ne bougeait.

Les Kakchiquels étaient toujours quatre fois plus nombreux que les humains. Celui qui avait une gueule de troll et la mâchoire brisée psalmodia. Les autres se joignirent à lui. La lueur démoniaque brilla plus fort dans leurs yeux. Un calme mortel s'abattit sur la pièce pendant qu'ils encerclaient Anna.

La Tueuse baissa les yeux vers Wesley dont les paupières papillotaient sous ses lunettes ébréchées. Il était si pâle !

Anna se redressa et fit face aux vampires. Elle n'avait

pas d'arme. Mais l'anxiété contre laquelle elle luttait depuis le matin s'était dissipée, remplacée par une inébranlable certitude.

Anna Kuei était la Tueuse, et elle ne laisserait plus personne mourir.

— Venez ! Approchez, si vous l'osez.

Les Kakchiquels continuaient à incanter. Gueule-de-Troll éclata de rire.

Puis la lueur orange mourut dans leurs yeux.

Gueule-de-Troll grogna de surprise. Ses congénères semblaient tout aussi troublés de sentir la magie les abandonner.

Anna sourit. Apparemment, la source de leur pouvoir venait de se tarir.

— Comme c'est intéressant ! lança-t-elle.

Elle regarda les quatre agents survivants. Leur panique avait cédé la place à de la colère et à une lugubre satisfaction. Brandissant leurs armes, ils avancèrent vers les Kakchiquels.

Deux buveurs de sang furent désintégrés par des carreaux d'arbalète. Les autres se massèrent au centre de la pièce. Avec le tatouage noir qui leur barrait la figure comme un masque, ils faisaient penser à des ratons laveurs surpris en train de fouiller les poubelles.

— N'en laissez s'enfuir aucun, recommanda Anna.

— Pas de problème, répondit un agent nommé Tom Canty.

Les vampires coururent vers l'escalier tandis que Canty hurlait dans le micro de son casque, annonçant aux autres unités que les Kakchiquels avaient perdu leurs pouvoirs.

Le vent avait tourné. Anna souleva Wesley et le chargea sur son épaule comme un sac de patates. Elle laissa passer les agents et s'engagea dans l'escalier.

Alors qu'elle atteignait le premier étage, Wesley remua faiblement.

— Que s'est-il passé ?

— Vous vous êtes fait mordre, mais ça ira. Vous m'avez inquiétée. J'ai cru que vous étiez mort.

— Tu peux me poser, à présent.

La jeune fille obéit. Les jambes de Wesley se dérobèrent, et il dut s'appuyer sur le bras de sa protégée.

— Je m'évanouis chaque fois que je donne du sang à la Croix-Rouge. D'habitude, un Pepsi et un cookie suffisent à me remettre sur pied.

Anna leva un sourcil. Un bras passé sous ses aisselles, elle le guida jusqu'au rez-de-chaussée et l'aida à enjamber les gravats.

Ils émergèrent dans le parking inondé de soleil.

— Vous voulez un Pepsi ?

— Si c'est possible, j'aimerais bien.

Camazotz mourut.

Ses yeux roulèrent dans leurs orbites. Le dieu des chauves-souris exhala un dernier souffle fétide avant de basculer en arrière. Le sol trembla sous son poids.

Sa chair bouillonna et fondit comme si on l'avait trempé dans de l'acide. Puis il devint une infâme flaque de mucus zébrée d'étincelles d'énergie orange qui s'éteignirent l'une après l'autre.

— Surtout, prends ton temps, Willow, marmonna Alex. Tu n'aurais pas pu commencer par là ?

— Il avait l'air inoffensif jusqu'à ce qu'il brise ses chaînes…

Quelque chose remua dans l'ombre, au fond du sous-sol. Buffy se souvint qu'il restait un Kakchiquel vivant. Il tentait de se faufiler discrètement vers la sortie.

Oz avait repris sa forme humaine. Il rejoignit ses amis et secoua la tête, l'air navré.

— Croit-il vraiment que nous ne le voyons pas ?

— Je m'en occupe, dit Buffy. Nous avons déjà perdu assez de temps.

Elle rangea l'épée dans son fourreau et sortit son pieu. Le vampire siffla de colère. Mais la lumière orange mourut dans son regard. Surpris, il cligna des yeux.

A son crédit, il ne tenta pas de s'enfuir, préférant se jeter sur Buffy. Même sans le pouvoir que lui conférait Camazotz, il fut assez rapide pour saisir la jeune femme à la gorge avant qu'elle ne l'embroche.

Ses cendres n'avaient pas encore touché le sol quand Buffy se tourna vers ses amis.

Oz se tenait à côté de Willow avec l'air innocent du quidam qui ne fait que passer. Il ne restait en lui aucune trace de sauvagerie. Son T-shirt déformé lui pendait jusqu'aux genoux, et il avait fourré les mains dans ses poches comme s'il s'ennuyait. Alex glissait un nouveau chargeur dans son Glock.

Buffy en tête, ils sortirent du sous-sol et gravirent l'escalier, une puanteur atroce s'accrochant à leurs vêtements.

Arrivés au rez-de-chaussée, ils constatèrent que l'alarme et les sprinklers avaient été coupés. Deux agents du Conseil montaient la garde dans le hall dévasté.

— Lonergan, ici Harris, appela Alex dans le micro de son casque. Nous avons fouillé le sous-sol et éliminé quatorze ennemis, dont Camazotz.

Buffy n'entendit pas la réponse du prêtre, mais elle vit Alex froncer les sourcils.

— D'accord. On vous retrouve là-haut.

Il fit signe à ses amis de le suivre. Dans l'escalier, il leur résuma la situation :

— Ils viennent d'atteindre le troisième étage. Ils ont éliminé quelques vampires sans subir de pertes. Mais il n'y a aucun signe de Giles ni d'un groupe plus important de Kakchiquels. Le bureau du maire est vide. Le sixième sens de Lonergan l'informe qu'il reste encore quelques vampires dans le bâtiment, mais il perçoit surtout des…

hum… parasites, au sud. Dès que nous aurons fini le nettoyage, nous tâcherons de déterminer de quoi il s'agit.

« Les derniers Kakchiquels qu'ils ont rencontrés n'avaient pas les yeux brillants. D'après les rapports des autres unités, le phénomène se propage à toute la ville.

Willow sourit.

— Une réaction en chaîne. S'ils ne sont plus que des vampires ordinaires, notre boulot est pratiquement terminé.

— Pas encore, dit Buffy.

Ils venaient de dépasser le premier étage quand un grondement sourd résonna derrière eux. Tournant la tête, la Tueuse vit qu'Oz avait recommencé à se transformer. Mais cette fois, il s'interrompit au milieu de sa métamorphose, le visage toujours reconnaissable malgré la fourrure qui le couvrait.

— Que se passe-t-il ? demanda Willow.

— J'ai senti une odeur familière. Au début, je n'en étais pas certain, mais…

— Qui ? demanda Buffy.

Oz renifla l'air.

— Angel !

CHAPITRE III

Alors que la Jeep roulait dans les rues de Sunnydale, Anna repensa à toutes les images de pays en guerre qu'elle avait vues aux informations télévisées.

A l'horizon, trois piliers de fumée noire montaient vers le ciel à l'emplacement de nids vampiriques. Elle repéra deux démons qui chargeaient leurs valises dans le coffre d'une vieille Thunderbird, désireux de filer avant que la ville ne repasse sous le contrôle du Conseil. *C'est bon signe*, pensa-t-elle.

— Tu t'es vraiment bien débrouillée, la félicita Wesley, la bouche pleine de cookies.

En chemin, ils avaient découvert une petite épicerie que son propriétaire avait gardée ouverte en acceptant de coopérer avec les Kakchiquels. L'homme n'avait pas posé de questions. Quand Wesley avait voulu payer sa canette de Pepsi et son paquet d'Oreos, il s'était contenté de secouer la tête.

— Si vous voulez faire quelque chose pour moi, exterminez donc cette vermine !

Anna avait été surprise par sa réaction.

Mais elle savait qu'il aurait tout perdu s'il avait dû fermer son commerce. Si des gens comme lui n'avaient pas collaboré avec les vampires, les humains qui étaient vraiment prisonniers seraient morts de faim.

— C'est ce que nous nous efforçons de faire, avait répondu Wesley.

A présent, il engloutissait ses cookies, semant des miettes partout sur le siège du passager.

Tournant à l'angle du Parc de Hammersmith, Anna lui jeta un regard en biais.

— J'étais terrifiée, avoua-t-elle d'une toute petite voix.

— Ça ne s'est pas vu du tout, la rassura Wesley. Franchement, tu as été magnifique. Faith serait fière de toi.

Une douce chaleur envahit Anna.

Elle allait dire quelque chose quand Wesley leva l'index et se pencha en avant. Un bourdonnement monta de son casque. Il écouta le message qu'on lui transmettait.

— Oui, bien sûr. Parfait. Nous arrivons.

— Où ? demanda Anna.

Wesley paraissait encore un peu faible, mais son visage reprenait des couleurs. Sans doute grâce à la magie des Oreos…

— Notre unité a pris le contrôle d'un deuxième nid. Mme Haversham nous demande d'aller à la mairie pour aider l'équipe principale. Je savais bien qu'ils ne s'en sortiraient pas sans nous.

Dans la flaque de lumière qu'une fenêtre brisée répandait sur le sol, au bout du couloir, le père Christopher Lonergan s'immobilisa et se concentra.

Il ne sentait plus que deux ou trois vampires à l'intérieur du bâtiment. Au tribunal, en revanche… C'était une autre histoire. Il lui avait fallu quelques minutes pour s'orienter, mais il venait de comprendre qu'une sorte d'écran psychique l'empêchait de sonder le bâtiment adjacent. La source des parasites dont il avait signalé la présence à Alex Harris.

Giles se cachait. Il savait donc que Lonergan accompagnait cette unité. Et seul un espion pouvait le lui avoir appris.

— Tout le monde avec moi !

Harris, Rosenberg, Osborne et Summers étant partis de leur côté, son unité se composait de quinze agents : dix hommes et cinq femmes.

Quelques minutes plus tôt, alors qu'ils se déployaient pour fouiller le troisième étage, Harris l'avait contacté pour l'informer que son groupe tarderait un peu à les rejoindre. Lonergan avait réclamé des détails, mais Harris avait refusé de lui en fournir, promettant de faire le plus vite possible.

Lonergan n'aimait pas ça. Quel intérêt d'avoir avec eux une Tueuse, un loup-garou et une sorcière s'ils ne pouvaient pas tirer parti de leurs pouvoirs ?

Lonergan prit la tête de son unité et s'engagea dans l'escalier. Il brandissait une arbalète métallique contemporaine, modifiée pour tirer des carreaux de bois, et portait dans le dos une hache à double tranchant. Tous ses hommes avaient au moins une arme à feu, et la gueule d'un lance-flammes se balançait entre les mains d'Hotchkiss.

Au premier étage, les agents se déployèrent dans le couloir. Lonergan leva la main. Ils se figèrent, attendant ses instructions.

Il sentait un vampire sur sa gauche. Mais son aura, très faible, ne pouvait pas être celle de Giles.

Soudain, il capta un mouvement du côté de l'escalier. Deux silhouettes venaient de déboucher en haut des marches.

Comment leurs ennemis avaient-ils pu s'approcher autant sans qu'il les repère ?

— A terre ! cria-t-il en levant son arbalète.

Les agents plongèrent en avant, firent un roulé-boulé et se redressèrent aussitôt, prêts au combat. Ceux qui n'étaient pas dans la ligne de tir du prêtre dégainèrent leurs pistolets ou brandirent leur fusil à pompe.

Lonergan visa.

Puis il reconnut Wesley Wyndam-Pryce. L'Observateur leva les mains, son antique arbalète à répétition pointée vers le ciel. Anna Kuei se tenait derrière lui. Son expression inquiète céda vite la place à un sourire soulagé.

— Wesley, soupira Lonergan. La prochaine fois, prévenez-nous avant de débouler.

— J'ai pensé qu'il valait mieux être le plus discrets possible. J'allais vous contacter quand nous vous avons entendus vous déplacer avec autant de légèreté qu'un troupeau d'éléphants. Au temps pour la discrétion !

Lonergan allait répliquer quand il aperçut les traces de morsure dans le cou de Wesley. Il se contenta de froncer les sourcils.

— Mme Haversham vous a informés de la situation ici ?

— Oui.

— Alors, au boulot.

Wesley se sentait encore très faible, mais il serait mort plutôt que de l'avouer à Lonergan. Ou à Anna. Tandis que les agents du Conseil s'engouffraient dans le couloir est, il dut faire appel à toute sa volonté pour ne pas se laisser distancer.

Seule la haine le soutenait. Rupert Giles ne l'avait pas respecté beaucoup de son vivant. Pourtant, Wesley le considérait comme une sorte de héros. Parce qu'il ne s'était jamais aplati devant le Conseil, parce qu'il avait toujours dit ce qu'il pensait et soutenu sa protégée malgré ses méthodes peu orthodoxes. Wesley aurait aimé avoir ce genre d'audace.

A présent, il voulait plonger un pieu dans le cœur de la créature qui s'était emparée du corps de Giles. Les autres avaient peut-être du mal à faire la différence entre les deux, mais pas lui.

Rupert Giles était mort. Et le monstre qui se faisait appeler par son nom était son meurtrier.

Toute la matinée, Wesley avait espéré être face à face avec le roi des vampires. Son vœu était sur le point de se réaliser, mais ça avait failli lui coûter la vie. La tête lui tournait ; il avait la gorge sèche et titubait le long de la passerelle qui reliait la mairie au tribunal.

— Wesley ? souffla Anna.

— Je vais bien, dit-il très vite en se redressant.

Il vérifia le chargeur de son arbalète. A l'*Hôtel Pacifica*, il était presque tombé à court de carreaux. Il en avait trouvé quelques-uns dans le véhicule : pas beaucoup, mais il était convaincu que ça suffirait. Maintenant que l'énergie démoniaque qui animait les Kakchiquels s'était évanouie, il commençait à croire qu'il pourrait détruire Giles.

Au bout de la passerelle, les portes du tribunal étaient grandes ouvertes. Wesley savait que ça n'était pas un hasard : plutôt une invitation, ou une indication que les vampires ne les considéraient pas comme une menace sérieuse.

Il se demanda quand Willow et les autres allaient enfin les rejoindre.

Lonergan s'arrêta, se concentra et désigna l'escalier. Les Kakchiquels étaient entrés par là, mais ils avaient dû se rassembler plus haut dans le bâtiment.

Au deuxième étage, Lonergan guida son unité le long d'un couloir qui donnait sur une des salles d'audience. Tout était silencieux, mais une menace invisible planait dans l'air.

Lonergan fit signe à Hotchkiss et à Bianchi de se placer devant la porte avec leurs lance-flammes. Quinones se glissa entre eux, fusil à pompe calé sur la hanche. Au signal de son chef, il fit sauter la serrure, puis ouvrit le battant d'un coup de pied.

Hotchkiss et Bianchi furent les premiers à entrer, du feu jaillissant de la gueule de leurs lance-flammes et embrasant trois... cinq... six Kakchiquels. Les vampires rugirent de douleur, mais deux d'entre eux continuèrent à avancer jusqu'à ce que Quinones leur fasse sauter la tête.

De lourds rideaux couvraient les fenêtres de la salle. L'éclairage diffus conférait à la scène une allure surréaliste. Mais les dizaines de vampires rassemblés là pour opposer une dernière résistance aux humains étaient bien réels. Même si la lueur orange s'était éteinte dans leur regard, ils restaient effrayants avec leur tatouage en forme de chauve-souris et leurs crocs découverts.

La bataille commença.

Wesley entra dans la salle d'audience avec l'unité. Il flanqua un coup de coude à un Kakchiquel, parvenant à le repousser au prix d'une douleur aiguë qui remonta jusqu'à son épaule. Puis il tira un carreau dans la poitrine d'un autre vampire qui lui barrait le chemin, et fut enveloppé d'un nuage de cendres.

Les agents du Conseil s'étaient disposés en cercle, dos à dos, et laissaient l'ennemi venir à eux. Un Kakchiquel arracha son arbalète à Lonergan. L'homme lui flanqua un coup de tête, puis saisit la hache accrochée dans son dos. La lame scintillante décapita un buveur de sang et mordit l'épaule d'un autre.

Une vampire presque nue, le corps couvert d'un tatouage de serpent aux écailles colorées, se jeta sur Wesley. Ses ongles lacérèrent la joue de l'Observateur. Mais il lui tira un carreau dans la poitrine et elle se désintégra.

Sur sa gauche, Wesley vit qu'un groupe de vampires avait plaqué Bianchi à terre. Il fut désolé de ne rien pouvoir faire pour elle. Une seconde plus tard, Quinones leur tira dessus avec son fusil à pompe. Les créatures s'éparpillèrent, abandonnant le cadavre de Bianchi.

Du sang coulait dans la barbe de Wesley, et son visage dégoulinait de sueur. Il regarda autour de lui, espérant apercevoir Giles.

Au fond de la salle d'audience, la porte qui devait

conduire au bureau du juge s'ouvrit. Un vampire à la peau noire et au tatouage blanc se faufila par l'entrebâillement. Grâce à la description faite par leurs informateurs, Wesley identifia Jax.

Puis Giles apparut.

Malgré la disparition de ses lunettes, il ressemblait toujours à l'homme bienveillant qu'il avait été. Quand son regard croisa celui de Wesley, il leva un sourcil. Puis un sourire ironique fleurit sur ses lèvres, et il lui fit signe de la main.

— Ravi que tu aies pu venir, Wesley ! cria-t-il, sa voix réussissant à couvrir la détonation d'un fusil à pompe.

L'attention de Wesley fut détournée par un autre attaquant, qu'il pulvérisa avec son dernier carreau. Il était maintenant désarmé, épuisé et vulnérable. Mais il refusait d'abandonner.

Il avança vers Giles. Un vampire le saisit par l'épaule pour le retenir. Wesley se retourna et l'assomma d'un coup de poing.

Anna se campa à ses côtés. Son avant-bras saignait, mais elle ne semblait pas s'en soucier.

— Il est l'heure pour lui de mourir, gronda-t-elle.

Ils montèrent ensemble les marches de l'estrade.

Ils contournèrent le pupitre. Jax était toujours là, mais son maître avait profité du chaos pour s'enfuir.

Giles avait disparu.

Buffy avait du mal à respirer.

Une nouvelle fois, ses deux âmes se mêlaient, leurs pensées, leurs émotions et leurs souvenirs se fondant si bien qu'il était impossible de les distinguer les uns des autres.

La Buffy de dix-neuf ans savait qu'à son époque, Angel, toujours vivant, luttait pour sa rédemption à Los Angeles. Elle avait accepté qu'ils ne pourraient jamais être ensemble, mais son amour pour lui était une blessure que le temps n'avait pu refermer.

La Buffy de vingt-quatre ans était plus endurcie. Pendant sa longue captivité, elle s'était souvent demandé si Angel viendrait la délivrer, pourquoi il ne l'avait pas fait et ce qu'il était advenu de lui.

Depuis son évasion d'El Suerte, les deux esprits qui cohabitaient dans le corps de Buffy étaient arrivés à la même conclusion : Angel devait être mort. La seule chose qui pouvait l'empêcher de venir à son secours. Le peu que Willow avait pu lui dire avait confirmé ses craintes. Angel était parti affronter Giles pour la libérer, et il n'était jamais revenu.

Par amour pour elle – un amour qu'ils avaient dû sacrifier –, Angel avait risqué sa vie. Buffy ne pouvait pas laisser passer cette occasion de découvrir ce qu'il était devenu.

Flanquée d'Alex et de Willow, elle suivit Oz dans les couloirs du premier étage de la mairie. Son ami s'était retransformé en loup. Il reniflait la moquette, suivant la piste qu'il avait repérée quelques instants plus tôt.

L'odeur d'Angel. Donc, il devait encore être vivant.

— Hé, appela doucement Willow.

Elle tendit la main pour prendre celle de Buffy, qui tourna la tête vers elle et lut de l'inquiétude dans son regard.

— Si c'est bien lui et qu'il est toujours vivant, dit Willow… Nous devons envisager la possibilité qu'il soit redevenu maléfique.

— Je sais, souffla Buffy.

Elle leva la main pour effleurer la poignée de l'épée pendue dans son dos.

— Je l'ai déjà tué une fois avec ça. Je recommencerai…

— Je pourrais le faire à ta place, proposa Willow. Si tu préfères.

— Voyons d'abord de quoi il retourne.

Elles continuèrent à suivre Oz. Alex les avait dépassées. Il attendait devant une porte en compagnie du loup-garou, qui faisait les cent pas en reniflant le battant.

Alex jeta un coup d'œil interrogateur aux deux jeunes femmes.

— Regardez ça.

Un panneau de métal rouge et blanc annonçait : « ENTRÉE INTERDITE ». Buffy l'étudia en fronçant les sourcils. Il y en avait un similaire sur la porte de la chaufferie de l'ancien lycée de Sunnydale. Mais il semblait déplacé dans un tribunal.

Buffy baissa les yeux vers Oz.

— Angel ?

Le loup-garou grogna et fit claquer ses mâchoires. Elle prit ça pour une réponse positive et s'apprêtait à lancer un coup de pied dans la porte quand Willow la retint.

Buffy jeta un regard curieux à son amie, qui agita les mains et ordonna :

— *Munimentum prodeo !*

Une brise jaillie de nulle part les enveloppa. Un sifflement retentit, et une barrière d'énergie mauve apparut devant la porte. L'air était chargé d'une odeur de soufre.

— Celui qui a accroché ce panneau ne plaisantait pas, constata Alex.

— Un sort défensif, dit Willow. Pas un glyphe de protection, mais un enchantement destructeur. Si tu l'avais touché, nous serions en train d'essuyer des morceaux de Tueuse sur les murs. Sans compter le sang sur nos vêtements. Et d'après Cordélia, les taches ne partent jamais.

— Dans ce cas, c'est une bonne chose que tu l'aies repéré. A cause de la facture du pressing. (Buffy dévisagea son amie.) Comment as-tu su ?

— Je l'ai senti, c'est tout…

— Oz ne l'avait pas senti, lui, dit Alex en désignant le loup-garou, qui avait battu en retraite un peu plus loin dans le couloir. Et pourtant, il a des perceptions très développées. Bien joué !

— Tu peux nous en débarrasser ? demanda Buffy.

Willow observa pensivement l'énergie magique qui leur barrait le chemin. Au bout de quelques instants, elle ferma les yeux et chuchota :

— *Perfringo contego.*

Elle leva les paupières et fit la grimace en constatant son échec.

Quelques minutes passèrent pendant qu'elle étudiait la porte. Par deux fois, elle traça des symboles dans les airs, puis s'interrompit et secoua la tête.

— Je ne peux pas dissiper ce sort. Et je ne m'y connais pas suffisamment en enchantements protecteurs pour nous permettre de le traverser sans dommage.

Bien que déçue, Buffy n'en voulut pas à son amie. Sans elle, ils ne se seraient pas aperçus de la présence de la barrière. Pourtant, pas question de rester dans le couloir les bras croisés, et encore moins de rebrousser chemin.

— Nous pourrions revenir plus tard, proposa Alex. L'équipe a sans doute besoin de nous.

— Lonergan nous aurait contactés, répliqua Willow, le regard toujours rivé sur la porte. C'est à ça que sert le comlink. Ton casque fonctionne toujours, n'est-ce pas ?

Alex tapota l'écouteur.

— Pour ce que j'en sais, oui.

Buffy dégaina son épée.

— A ton avis, combien de temps me faudra-t-il pour ouvrir une brèche dans ce mur ?

Willow baissa les yeux vers la lame couverte de runes.

— Hé, attends un peu ! Ça me donne une idée ! Ce truc-là est déjà enchanté. Ça nous aidera peut-être. Mais je peux essayer de jeter dessus un sort identique à celui de la porte.

— J'ai pigé ! dit Alex. Tu veux créer une sorte de

court-circuit magique en mettant en contact deux champs d'énergie similaires.

— C'est ça.

Oz s'approcha d'eux, les dévisagea et rebroussa chemin vers le bout du couloir. Il renifla l'air. Buffy comprit qu'il monterait la garde pour eux.

— Quelles sont mes chances d'exploser en même temps ? demanda-t-elle.

— Très faibles, répondit Willow.

Buffy saisit l'épée à deux mains.

— Alors, vas-y.

Willow étudia la lame. Elle plaça les mains au-dessus sans la toucher. Puis elle incanta dans une langue gutturale. Peut-être de l'allemand, pensa Buffy. En présence de Willow, la Tueuse avait cruellement conscience de ses lacunes linguistiques.

Une aura verdâtre éclaira le visage de Willow, se propagea le long de ses bras, jusqu'au bout de ses doigts, et enveloppa l'épée.

La garde de l'arme vibra dans les mains de Buffy. Elle regarda ses amis.

— Reculez.

Ils obéirent sans discuter, rejoignant Oz au bout du couloir.

Buffy leva l'épée et l'abattit sur la barrière magique. Alors que la lame traversait le champ d'énergie, un son évoquant celui d'une scie électrique leur déchira les tympans.

Dans une explosion de lumière noire, la barrière se dissipa. Le panneau : « Entrée interdite » se détacha et tomba sur le sol, révélant la plaque fixée sur la porte, qui portait les mots : « Planification municipale ».

Le silence revint dans le couloir. Buffy tendit la main vers la poignée et l'actionna. La porte n'était pas fermée à clé. Elle l'ouvrit prudemment.

Les fenêtres de la pièce avaient été murées, mais la

lumière du couloir éclairait les classeurs métalliques éventrés et les papiers répandus sur le sol. Un bureau était renversé tout près d'un moniteur à l'écran brisé. Une lueur mauve, la même couleur que la barrière d'énergie, brillait sur la gauche de la Tueuse.

Elle entra. Ses amis la suivirent.

— Oh, mon Dieu, souffla-t-elle.

Angel était en suspension dans une sphère d'énergie, les bras et les jambes en croix. Sa veste noire était en lambeaux, et une balafre lui barrait la joue.

Un pieu était planté dans sa poitrine, comme pour lui transpercer le cœur.

Pourtant, il était toujours vivant.

CHAPITRE IV

— Angel ? souffla Buffy.

Oz fit un pas vers elle et reprit sa forme humaine en un clin d'œil, son visage se remodelant et sa fourrure disparaissant comme si c'était la chose la plus facile du monde.

— C'est vraiment lui ? demanda Buffy en dévisageant son ancien amant immobile au cœur de la sphère d'énergie scintillante.

— C'est son odeur, répondit Oz en se grattant la tête. Pour le reste, je n'en sais pas plus que toi.

Les yeux du vampire étaient fermés, son expression aussi paisible que s'il dormait dans son cercueil.

Buffy se résigna à accepter la triste réalité. Même si elle avait désespérément envie de croire le contraire, elle sentait que c'était lui. Elle reconnaissait la ligne de sa mâchoire, ses traits comme sculptés dans du marbre.

— Le même sort que dehors ? demanda-t-elle à Willow.

— Je crois, dit son amie. Mais…

Elle n'acheva pas sa phrase.

Buffy se tourna vers ses amis. Leur attention n'était pas rivée sur Angel, mais sur elle. Oz leva un sourcil. Alex se dandina d'un pied sur l'autre, l'air gêné.

— Quoi ?

— Je ne voudrais pas souligner l'évidence, mais… Tu as vu le pieu ?

Buffy soupira.

— Il a dû rater son cœur. C'est la seule explication possible, non ?

— La seule explication *logique*, approuva Willow sur un ton encourageant.

Oz se racla la gorge.

— Et puis… il y a du sang.

Buffy fronça les sourcils.

— Et alors ?

— Angel a disparu il y a cinq ans, lui rappela Alex en posant l'arbalète sur son épaule. S'il est là depuis tout ce temps… Je crois que tu devrais être prudente, c'est tout.

— Comme toujours, dit Buffy en présentant la lame de son épée à Willow. Tu peux me refaire ça ?

Alors que son amie plaçait les mains au-dessus de la lame, Buffy entendit une voix rauque chuchoter son nom. Elle sursauta, laissant tomber l'épée.

Puis elle se retourna.

Angel avait ouvert les yeux.

— Je t'ai trouvée, dit-il avec difficulté.

— En réalité, c'est plutôt nous qui t'avons trouvé, corrigea Alex.

— Question de sémantique, ajouta Oz.

Buffy les entendit à peine.

Willow lui posa une main sur le bras et lui conseilla de se tenir à l'écart de la sphère. Mais elle ne put s'empêcher de faire un pas en avant sans quitter Angel du regard.

— Angel…

Son cœur était glacé. Quelques instants, elle en oublia de respirer. Aussi profondément qu'elle l'aimât, elle avait compris des années plus tôt qu'ils n'étaient pas destinés à vivre ensemble. Le destin avait d'autres plans pour eux.

Mais à présent… Il était resté prisonnier pendant cinq ans, comme elle. Il était venu la chercher, la délivrer, et c'était elle qui allait le libérer.

— J'ai rêvé que j'entendais ta voix, dit Angel. Je suppose que ça n'était pas un rêve.

— Tiens bon, Angel. On va te sortir de là, promit Buffy.

Elle ramassa l'épée et la présenta de nouveau à Willow.

Angel eut un petit rire.

— J'aimerais que ce soit possible. Mais ça ne l'est pas.

Buffy voulut protester, lui dire qu'ils avaient déjà dissipé la barrière magique à l'entrée de la pièce et qu'ils pouvaient en faire autant de la sphère qui l'enveloppait. Mais elle savait que ça n'était pas de ça qu'il parlait.

La gorge sèche, elle se retourna.

— Le pieu ?

— Je suis venu te sauver, chuchota Angel. Je ne sais plus quand. Le temps passe de manière différente ici. J'ai affronté Giles. Nous nous sommes battus dans cette pièce. D'où le désordre. Désolé de n'avoir pas pu ranger avant ton arrivée…

— Il t'a vaincu ? s'étonna Alex.

— Certainement pas ! Je lui ai flanqué une bonne correction. Mais il avait préparé un piège magique et je me suis jeté dedans tête baissée. J'essayais de m'échapper quand il s'est refermé sur moi, et Giles en a profité pour me planter ça dans le cœur.

Incapable de bouger les bras, il désigna le pieu du menton.

— Même si ce n'est plus vraiment Giles, il a ses souvenirs, sa personnalité et… ses rancœurs. Il se souvient que je l'ai torturé autrefois, et il a voulu me renvoyer l'ascenseur. Le temps est figé autour de moi. Si tu tentes de me libérer, je mourrai.

Buffy secoua la tête, luttant contre les larmes qui lui brûlaient les yeux.

Les deux âmes qui cohabitaient en elle étaient unies

par le chagrin. Il aurait mieux valu qu'elle ne retrouve jamais Angel. Comme ça, elle aurait pu continuer à croire qu'il vivait encore, quelque part.

— Il doit y avoir un moyen, dit-elle d'une voix étranglée. Si nous réussissons à enlever le pieu avant de dissiper le sort qui t'emprisonne…

— Buffy, coupa Angel d'une voix dure. Regarde-moi.

Elle obéit. Ce qu'elle lut dans ses yeux lui donna envie de se détourner, mais elle ne pouvait pas lui faire ça. Pas maintenant.

— Le mal est fait, souffla Angel.

Willow s'approcha et enlaça son amie en silence. Buffy se laissa faire, l'épée inutile pendant au bout de son bras.

— Il doit y avoir un moyen, répéta-t-elle, désespérée. Ça suffit comme ça ! Giles, ma mère, tes parents, Anya, Faith… Nous avons perdu assez de gens que nous aimions.

Par-dessus l'épaule de Willow, elle regarda Alex et Oz. Le masque d'Alex avait fondu, et elle vit qu'il partageait son chagrin.

Oz semblait préoccupé. Les sourcils froncés, il leva le nez et renifla. Puis il écarquilla les yeux.

— Les amis ?

Buffy et Willow se retournèrent en même temps.

Sur le seuil de la pièce, Giles était nonchalamment appuyé à l'encadrement de la porte. Il portait des chaussures noires à semelles de crêpe, un pantalon gris et un sweat de coton bleu un peu froissé. Buffy s'attendait à voir dans sa main un grimoire poussiéreux ou une tasse de thé.

Le roi des vampires eut l'air surpris par l'attention qu'on lui portait.

— Mouais ? marmonna-t-il distraitement.

Puis il se redressa, glissa une main dans sa poche et se gratta la nuque de l'autre.

— Désolé, s'excusa-t-il. Je me suis laissé absorber par le spectacle. Une scène très touchante, je dois dire. Pour ce qui est d'avoir perdu assez de gens que vous aimiez... Vous n'avez pas encore touché le fond, puisque vous êtes toujours en vie. Mais j'ai l'intention d'y remédier.

L'illusion se brisa en même temps que le cœur de Buffy. C'était la deuxième fois qu'elle était face à lui, constatant que le mal qu'il avait autrefois juré de combattre avait pris possession de lui. Ça lui faisait toujours autant de mal, mais ça l'endurcissait aussi.

— Fin de la plaisanterie, gronda-t-elle en levant son épée. Dites adieu à votre petit royaume.

— Tss-tss, fit le roi des vampires, l'air réprobateur. Je m'attendais à un accueil plus chaleureux. Ne t'ai-je donc pas manqué ?

— Giles me manque. Mais vous n'êtes pas *lui*.

— Bien sûr que si, Buffy. J'avais toujours sous-estimé ce processus. Mon âme a disparu, sans le moindre doute. Mais que ça te plaise ou non, je suis toujours Giles. Si je ne l'étais pas, si je ne t'aimais pas comme ma propre fille, serais-tu encore en vie ? Serais-tu arrivée jusqu'ici ? Je t'ai sauvée, Buffy. Je t'ai aidée à t'enfuir de Sunnydale parce que je savais que tu reviendrais. Sais-tu que le Conseil a baptisé Faith la « Brebis Egarée » ? Mais c'est toi qui es revenue au bercail.

Buffy serra plus fort la garde de son épée.

— N'as-tu pas accepté mon cadeau ? insista Giles. Ne l'as-tu pas apporté avec toi ? Je me demande si Angel l'a reconnu aussi. L'épée qui l'a envoyé en Enfer. L'épée, ma très chère fille, qui tuera bientôt l'un de nous deux.

— Pour la dernière fois, je ne suis pas votre fille ! J'ai apporté cette arme pour vous la rendre. Lame la première !

— Comme tu l'as fait autrefois avec le couteau dont Faith s'était servie pour tenter de te tuer, dit Giles.

Buffy cligna des yeux.

— Surprise ? ricana le vampire. Tu ne devrais pas l'être. Tu peux le nier autant qu'il te plaira, mais je suis bien Giles. C'est moi qui ai fait de toi ce que tu es. Tu n'as pas pu tuer Faith, et tu ne pourras pas me tuer non plus. Je veux que tu te joignes à moi, Buffy. Accepte ton destin. Ensemble, personne ne pourra nous arrêter.

— Vous voyez ? lança Buffy. Vous me prouvez que j'ai raison. Giles n'a jamais été aussi stupide, ni aussi arrogant.

— Je l'ai toujours trouvé assez vaniteux, intervint Alex.

Giles le foudroya du regard.

— Je suis étonné que tu sois encore en vie, mon garçon.

Pour toute réponse, Alex lui tira un carreau. Giles esquiva et le projectile alla se planter dans le mur derrière lui.

Oz se transforma de nouveau. Buffy se demanda combien d'heures il avait dû s'entraîner pour maîtriser ainsi sa métamorphose. Le loup-garou fit un pas en avant, ses babines retroussées révélant ses crocs luisants.

— Soyez prudents, dit Angel derrière eux. Souvenez-vous de ce qu'il a accompli. Ne le sous-estimez pas.

— Nous n'avons jamais commis cette erreur, répliqua Willow, sur ses gardes.

Elle leva les mains, et une lueur verte les enveloppa.

— Moi non plus, je ne t'ai jamais sous-estimée, sorcière, dit le roi des vampires. Mais je connais Buffy. Elle en fait une affaire personnelle. Je parie qu'elle a l'intention de m'abattre elle-même.

La Tueuse hésita. Il avait raison. Mais si c'était ce qu'il attendait, la meilleure tactique consistait peut-être à le surprendre. Après tout, son désir de vengeance n'était rien comparé à la survie de leur monde.

— Vous savez quoi, les amis ? lança-t-elle sur un ton désinvolte. Personne n'aime les petits malins qui croient tout connaître. Celui qui le tuera aura droit à une glace géante.

Pour la première fois depuis le début de la conversation, Giles eut l'air désarçonné. Buffy s'en réjouit.

— Malédiction, marmonna Alex.

Des émotions contradictoires se lisaient sur son visage. Il porta une main à l'écouteur de son casque. Quand il leva les yeux vers elle, Buffy comprit qu'ils avaient un problème.

— Lonergan, annonça le jeune homme. Ils ont besoin d'aide, ou ils sont morts.

Buffy se tourna vers Giles, qui souriait.

Elle comprit qu'il avait tout orchestré pour en arriver là.

— Ils sont au tribunal, continua Alex. Wesley et Anna les ont rejoints, mais ils restent en nette infériorité numérique.

Buffy ne détacha pas son regard de Giles.

— Allez-y.

— Buffy, non ! cria Willow.

Oz grogna. Puis il s'approcha du roi des vampires.

— Ne l'affronte pas seule ! lança Angel.

— Allez-y ! répéta calmement Buffy. Camazotz est mort. Le règne des vampires prend fin aujourd'hui. Aidez Lonergan à terminer le boulot. Je me débrouillerai.

Elle n'osa pas regarder ses amis, craignant de lire dans leurs yeux qu'ils ne la croyaient pas capable de tuer la créature qui occupait le corps de son mentor.

Elle avança vers lui.

— Ecartez-vous de leur chemin !

— Très volontiers, dit Giles en se déplaçant pour les laisser passer.

Oz et Alex sortirent. Mais Willow s'attarda dans la pièce. Buffy lui fit un signe du menton. Willow hésita, puis emboîta le pas aux deux hommes. La Tueuse espéra qu'ils arriveraient à temps pour sauver Lonergan et l'unité.

Elle se retrouva seule avec Giles. Et Angel qui pouvait seulement les regarder, impuissant, crucifié et éternellement à un cheveu de la mort.

Le soleil entrait dans la salle d'audience par une unique fenêtre brisée. De la poussière dansait dans le faisceau lumineux que les vampires évitaient soigneusement. Même quand la mêlée les poussait vers la flaque dorée, ils semblaient sentir la chaleur dans leur dos et changeaient de direction.

Anna évita l'attaque d'un Kakchiquel. Sa main droite vola vers le haut, et le pieu s'enfonça dans la poitrine de son adversaire avec un bruit satisfaisant.

Il n'avait pas encore explosé quand la jeune fille décocha un coup de pied dans le genou d'un autre vampire, lui faisant sauter la rotule.

Derrière elle, Wesley cria de rage.

— Non !

Anna se retourna à temps pour voir Jax, un œil arraché et son tatouage blanc maculé de fluide visqueux, retirer une hache de la poitrine de Lonergan. Le prêtre s'effondra, fixant son assassin de ses yeux morts.

Le combat avait endurci Anna. Le rythme régulier des coups qu'elle distribuait était devenu une chanson qui la portait, l'empêchait de se noyer dans le chagrin qu'elle aurait dû ressentir en voyant succomber des gens qu'elle considérait comme des camarades, et souvent comme des amis.

Le meurtre du père Lonergan lui porta le coup de trop. Des larmes jaillirent de ses yeux.

Les Kakchiquels savaient qu'elle était la Tueuse. Ils les avaient donc isolés dans un coin de la pièce, Wesley et elle. A l'autre bout de la salle d'audience, Hotchkiss, Fuchs et deux autres agents que la jeune fille ne connaissait pas avaient formé un cercle et continuaient à se battre. Une langue de feu jaillissait du lance-flammes que Fuchs avait récupéré sur le cadavre d'un autre agent, leur permettant de maintenir les vampires à distance.

Un des buveurs de sang avait une arme à feu, mais il ne tira qu'une fois avant que Fuchs le carbonise. Puis les quatre agents survivants se frayèrent un chemin vers la flaque de soleil.

Wesley jura de nouveau. Il tenait un fusil à pompe qui avait changé de main deux fois au cours de la minute précédente : d'un agent mort à un vampire, et maintenant à son Observateur.

D'un tir précis, Wesley fit sauter la tête d'un Kakchiquel.

Anna frappa un jeune mâle séduisant aux cheveux blonds et aux yeux bleus. Dans la fraction de seconde qu'il lui fallut pour armer de nouveau son bras, son adversaire referma les mains autour de sa gorge. Furieuse de sa propre négligence, Anna l'empoigna par les cheveux et lui tira la tête vers le bas en levant violemment un genou.

Le Kakchiquel s'effondra, le visage en sang. Anna se laissa tomber à califourchon sur lui et l'embrocha, puis bondit sur ses pieds au moment où une nouvelle vague de vampires déferlait sur Wesley et elle.

Quand elle eut le temps de regarder les agents, Fuchs avait succombé. Mais Hotchkiss et les autres avaient atteint la flaque de lumière, devenant ainsi des cibles plus difficiles.

La hache posée sur son épaule, Jax rejoignit les vampires qui entouraient Wesley et Anna. Malgré sa maigreur d'épouvantail, il se déplaçait avec la grâce d'un danseur, et son tatouage maculé de sang le rendait plus terrifiant que jamais.

La Tueuse se jura que Lonergan et les autres ne seraient pas morts en vain.

— Laisse-les venir, chuchota Wesley. Tue Jax le plus vite possible, ça déstabilisera les autres.

Anna hocha la tête, même si sa belle assurance s'évanouissait. Les vampires étaient très nombreux. Probablement trop nombreux.

Jax s'immobilisa et sourit. Son orbite fit frissonner Anna.

— Achevez-les, ordonna-t-il.

Alors que les Kakchiquels avançaient comme un seul homme, un aboiement les fit hésiter.

Oz leur bondit dessus. L'espoir renaquit dans le cœur d'Anna quand le loup-garou attaqua les vampires, arrachant le bras d'un premier avant d'en plaquer un autre à terre et de lui déchirer la gorge.

— Wesley !

La jeune Tueuse et son Observateur jetèrent un coup d'œil vers la porte. Willow et Alex venaient d'entrer dans la salle d'audience.

Jax et les autres vampires tournèrent la tête. Wesley profita de cette diversion. Il plongea et abattit la crosse de son fusil sur la tempe de Jax. Le vampire tituba, renversa un banc au passage et tomba. Sa hache lui échappa des mains et glissa sous les bancs.

Pendant que les Kakchiquels l'aidaient à se relever, Anna enfonça son pieu dans le dos d'un premier, écarta un deuxième d'un coup de pied et saisit un troisième par le bras pour le tirer à l'écart de Wesley.

L'Observateur était hagard, la barbe en bataille et le visage rouge d'épuisement. Il appuya le canon de son arme sur la poitrine de Jax et pressa la détente.

Mais son chargeur était vide.

Jax empoigna le fusil à pompe à deux mains et tira d'un coup sec pour faire tomber Wesley. Anna voulut crier, mais aucun son ne sortit de sa gorge. Elle saisit Wesley par sa chemise et tenta de l'arracher à la créature qui s'accrochait à lui.

Une main de chaque côté de sa tête, Jax brisa le cou de Wesley.

Anna ouvrit la bouche, mais elle ne pouvait toujours pas crier. Désorientée, elle ne fut pas assez rapide pour repousser les trois vampires qui la plaquèrent contre le pupitre du juge.

Jax s'approcha d'elle en se léchant les babines.

— J'ai entendu tellement de rumeurs au sujet du sang des Tueuses... Plus que des rumeurs, en fait. J'aurais voulu être parmi ceux qui ont savouré celui de Faith.

Anna repoussa un Kakchiquel d'un coup de tête et leva son pieu pour embrocher Jax. Mais il le lui fit lâcher d'une manchette sur le poignet.

Ils la tenaient.

Le cœur de Willow se serra en découvrant le spectacle qui les attendait dans la salle d'audience.

Tant de morts et une poignée de vivants... Il restait encore deux douzaines de vampires. Dans un coin de la pièce, Oz se battait avec trois monstres. Willow eut peur pour lui, mais elle savait qu'il était de taille à se défendre. Elle se força à se concentrer sur les autres.

Anna et Wesley étaient toujours debout. Mais pas Lonergan. Willow érigea un mur entre elle et son chagrin. Puis elle passa à l'action.

Sur sa droite, trois agents avaient pris position au milieu d'une flaque de soleil. Mais huit ou neuf vampires les entouraient et s'efforçaient de les atteindre.

Il ne leur restait qu'un lance-flammes, avec lequel ils avaient bien du mal à maintenir leurs adversaires à distance.

Willow courut vers eux. Deux vampires la sentirent ou la virent approcher. Ils se tournèrent vers elle en découvrant les crocs.

Willow leur lança un sort qu'elle maîtrisait à la perfection. Ils s'enflammèrent instantanément.

Un autre Kakchiquel voulut la ceinturer. Elle le transforma en glace et il se brisa en mille morceaux lorsqu'elle se dégagea.

Non loin d'elle, Alex tira un carreau, et un des vampires qui menaçaient les trois agents survivants explosa.

Puis Anna cria.

Willow fit volte-face. Jax et ses acolytes encerclaient la Tueuse. Quant à Wesley…

— Wesley est mort, dit Alex. (Il regarda Willow.) Sauve-les !

Et il s'engagea dans l'allée centrale.

— Alex, attends ! cria Willow. Je peux…

Avant qu'elle finisse sa phrase, une main puissante se referma sur sa queue-de-cheval et tira violemment.

Willow recula en criant de douleur. Son agresseur était une vampire aux cheveux roux coupés à la diable et au visage couvert de piercings. Déséquilibrée, Willow tomba et se cogna la tête sur le plancher.

Un instant, tout devint noir autour d'elle.

Puis elle battit des paupières en sentant quelque chose lui chatouiller le cou.

Elle ne se souvenait plus du sort qui aurait pu la débarrasser de la créature.

Deux crocs transpercèrent sa peau.

— Disparaissez ! cria-t-elle.

Soudain, elle ne sentit plus rien peser sur elle.

Willow rouvrit les yeux et regarda autour d'elle. La vampire aux piercings s'était volatilisée, mais les autres Kakchiquels massés autour des agents survivants l'observaient. Ils reculèrent pour mettre le plus de distance possible entre Willow et eux.

La jeune femme sentit du sang couler de son nez. Elle ne savait pas exactement ce qu'elle venait de faire, mais elle était comme vidée de son énergie.

Levant les yeux, elle vit Oz se jeter sur un vampire qui avait tourné les talons. Alex ramassait une hache sur le sol.

— Oh, non, murmura-t-elle en observant la dépouille ensanglantée de son ami. Que t'ont-ils fait, Alex ?

Un millier d'images se succédèrent dans son esprit. Alex avait toujours fait partie de sa vie, d'aussi loin qu'elle se souvînt, et elle n'imaginait pas pouvoir continuer sans lui.

Redevenu humain, Oz posa une main sur l'épaule de Willow. Elle se raidit et voulut se dégager. Mais elle le laissa l'enlacer.

Un sanglot lui échappa. Un seul.

— Il avait raison. La terre ne s'ouvre jamais pour vous engloutir au moment où vous en auriez le plus besoin.

CHAPITRE V

Prisonnier de la sphère magique qui le maintenait en vie, Angel se débattait en vain. Il avait connu des tortures plus douloureuses physiquement, mais psychologiquement…

Cette fois, il n'y aurait pas d'échappatoire, et il le savait. A l'instant où la sphère se dissiperait, le pieu lui transpercerait le cœur, et il tomberait en poussière. Depuis cinq ans, il avait souhaité des milliers de fois que ça se produise, qu'on en finisse, puisque sa mort était inévitable. Mais jamais il ne l'avait tant appelée qu'en cet instant.

Buffy brandissait devant elle l'épée aux runes noircies par les ans. Angel la connaissait bien : autrefois, elle avait été forcée de le frapper avec. A présent, il souhaitait qu'elle le fasse de nouveau ! Mais il ne pouvait pas remuer les bras pour attirer son attention. Il restait suspendu tel un épouvantail, dans la même position que depuis sa capture.

Jamais il n'avait imaginé revoir Buffy. Il était à la fois stupéfait et attristé par la femme qu'elle était devenue. Une guerrière au corps d'acier. Même son visage semblait différent, plus mince et mieux ciselé.

Cette guerrière avait toujours été tapie en Buffy. Autrefois, elle n'était pas la seule facette de sa personnalité. Jadis, il y avait aussi de la passion et de l'amour en elle. C'était pour ça qu'Angel avait aimé Buffy Summers. Pour ça qu'elle faisait une Tueuse si extraordinaire.

Aujourd'hui, il aurait voulu étouffer cette étincelle, parce qu'il craignait qu'elle ne provoque la mort de Buffy.

— Ne l'écoute pas ! cria-t-il, sachant que sa voix lui parviendrait à peine à travers sa cellule magique. Les leurs n'étaient qu'un bourdonnement distant à ses oreilles…

Les leurs !

La voix de Buffy et celle de Rupert Giles. Du monstre qu'il était devenu. Son expression imitait la curiosité intellectuelle qu'il affichait si souvent de son vivant. Mais une jubilation cruelle s'y ajoutait. Pareillement, sa façon de s'habiller faisait écho à celle de Giles l'Observateur. Ce n'était pas un hasard. Le monstre le savait : plus il renforcerait l'illusion, plus il désarçonnerait ses ennemis.

— Fais ce qu'il te dit, Buffy ! Ne m'écoute pas.

Le roi des vampires, si humain dans son sweat de coton bleu froissé, avança vers Angel et l'observa longuement. Buffy aurait pu en profiter pour l'attaquer. Mais elle ne le fit pas.

— Tue-le ! cria Angel.

— Tu pourrais faire ça, dit Giles sans tourner la tête vers Buffy. Ou te joindre à moi, comme je te l'ai demandé. Tu sais que tel est ton destin. C'est dans l'ordre des choses.

Buffy fit un pas en avant et brandit son épée.

— Je vous trouve bien sûr de vous pour un type qui va bientôt exploser.

Giles sourit.

— Tu n'as pas changé.

Angel vit que Buffy hésitait. Elle se laissait attendrir. Elle devait pourtant comprendre qu'il jouait avec ses émotions et ses souvenirs !

— Buffy ! cria-t-il de nouveau.

Giles se tourna vers la jeune femme.

— Abandonne-toi, susurra le roi des vampires. Deviens la fille que tu as toujours voulu être pour moi, et je promets que je laisserai partir Angel.

La pointe de l'épée se baissa.

— Vous le laisserez partir ? Et le pieu ?

— C'est moi qui lui ai fait ça. Crois-tu que je ne puisse pas le sauver ? Une fois que tu seras de mon côté, tu n'auras peut-être plus envie de libérer Angel. Mais une promesse est une promesse. Je le laisserai partir même si tu ne le veux plus.

Sous le regard horrifié d'Angel, Buffy se mordit la lèvre inférieure.

— Buffy, ne fais pas ça ! Il ment ! Il ne peut plus me sauver ! A l'instant où il me délivrera, je mourrai ! La seule chose que tu peux faire pour moi, c'est le tuer !

Giles fit volte-face, un rictus déformant ses traits tant il luttait pour ne pas laisser apparaître son véritable visage : celui de la bête. Pour ne pas briser l'illusion.

— La ferme ! cria-t-il.

Derrière lui, Buffy leva son épée.

Angel se réjouit.

Buffy souffrait de savoir que les hommes qui avaient été les plus proches d'elle étaient tous les deux condamnés. Les âmes qui cohabitaient dans son corps se projetèrent vers le passé, évoquant le moment qui les avait conduites là.

Dans la capitainerie du port de Sunnydale, Camazotz tenait Giles dans ses griffes. Il avait demandé à Buffy de se rendre. Il voulait qu'elle se sacrifie pour sauver son Observateur. Mais elle savait qu'il mentait. Si elle lui obéissait, le dieu des chauves-souris tuerait Giles quand même. La seule chance de survie de son mentor était qu'elle s'enfuie, car Camazotz se servirait de lui comme appât pour l'attirer dans son antre.

Elle s'était jetée à travers une fenêtre puis dans l'eau

du port, jurant de revenir plus tard libérer Giles. Mais son esprit était troublé par les avertissements que lui avait adressés le fantôme de Lucy Hanover. Selon l'ancienne Tueuse, une entité baptisée la Prophétesse affirmait que Buffy commettrait bientôt une erreur aux conséquences catastrophiques pour l'avenir de Sunnydale.

La Prophétesse était apparue à Buffy, proposant de lui montrer cet avenir. Mais elle s'était emparée de son corps et avait projeté son esprit cinq ans plus tard. Car elle était en réalité Zotziloha, l'épouse en fuite de Camazotz.

A présent, le démon et sa femme étaient morts, comme beaucoup d'autres. Comme Angel, suspendu dans sa bulle de temps figé. Et comme Giles.

Buffy devait trouver un moyen de séparer ses deux âmes et de ramener la plus jeune dans le passé, avant le moment où elle avait commis son erreur. Ainsi, elle empêcherait ce futur de survenir.

Pour ça, elle devait s'en remettre à la première règle de la Tueuse : rester en vie. Quel qu'en soit le prix, même si ça devait lui briser le cœur, il fallait se souvenir que la créature qu'elle affrontait était un démon affublé d'un masque familier.

Mais les paroles de Giles avaient produit leur effet. L'épée tremblait dans la main de Buffy. Tout était silencieux dans la pièce. Elle n'entendait que le bruit de sa propre respiration, et le crépitement de la sphère d'énergie.

Puis Angel s'adressa de nouveau à elle, et elle sut qu'il avait raison.

Giles se tourna vers lui.

— La ferme ! cria-t-il.

Sa voix brisa l'illusion.

Le roi des vampires était à deux mètres de Buffy et il lui tournait le dos.

Les yeux d'Angel brillèrent quand Buffy brandit son épée et plongea sur lui. La lame siffla dans l'air.

Giles réagit si vite qu'elle ne put rien y faire. Il se baissa et l'épée lui passa au-dessus de la tête.

Puis il lui décocha un coup de pied dans le ventre. Buffy tituba, reprenant son équilibre juste à temps pour esquiver l'attaque suivante du vampire.

Elle leva son épée. La créature qui lui faisait face n'avait plus rien de commun avec Giles. Des plis épais barraient son front ; une lueur meurtrière brillait dans ses yeux et ses lèvres retroussées révélaient ses crocs. Evanoui, le masque de bienveillance.

— Et moi qui nourrissais de si grands espoirs pour toi…

— Ravie de vous décevoir ! répliqua Buffy.

Elle réprima sa haine, sa colère et son chagrin pour se concentrer sur leur combat et sur sa propre survie.

Dans sa prison magique, Angel l'exhortait à l'action, mais Buffy ne l'entendait pas. Elle avait uniquement conscience de la tension qui régnait entre elle et le démon qui lui faisait face.

— Allons, je t'attends, grogna Giles. Si tu veux mourir, fais-le vite. J'en ai assez de tes interventions mal venues…

— Ça vous agace, pas vrai ? Vous avez vraiment cru que je baisserais les bras aussi facilement ? Ça prouve qu'il n'y a plus rien de Giles en vous. Vous avez peut-être son intelligence… mais vous êtes beaucoup plus stupide que lui.

Elle profita de son désarroi pour bondir en avant et lui trancher la main gauche.

Le roi des vampires cria.

— Abruti !

Elle lui flanqua dans le menton un coup de pied qui le fit reculer. Puis elle courut de nouveau vers lui et lui abattit son épée sur le crâne.

Enfin, elle *voulut* lui abattre son épée sur le crâne. Ses yeux jaunes luisant dans la pénombre, Giles esquiva et lui flanqua un coup de tête, puis un coup de genou dans le bas-ventre, et en profita pour lui arracher l'arme.

— Buffy, non ! gémit Angel.

Le vampire brandit l'épée avec toute l'adresse et la maîtrise de l'escrimeur émérite que Giles était de son vivant. Buffy battit en retraite.

— Je me sens presque triste de devoir te tuer, dit calmement Giles. C'est bizarre, tu ne trouves pas ?

Il passa à l'attaque. Buffy sauta par-dessus un fauteuil renversé. Giles le contourna sans se presser.

Le cœur de la Tueuse battait à tout rompre. Mais elle savait comment agir.

Ne meurs pas ! Telle était la règle. Sa survie, voilà tout ce qui comptait. Qu'elle parvienne à annuler ce futur de cauchemar ou non, elle ne pouvait plus rien pour Giles ni pour Angel. Elle devait se soucier d'elle-même, et libérer ceux qui avaient tant souffert sous le joug du roi des vampires.

L'épée s'abattit et trancha le pied du fauteuil. Buffy courut vers Angel.

Elle leva les yeux vers son ancien petit ami. D'abord alarmé, il dut voir quelque chose dans le regard de Buffy, car il sourit et murmura :

— Je t'ai toujours aimée.

Les perceptions de Buffy étaient tellement affûtées, qu'elle entendit bruisser les vêtements de Giles quand il leva l'épée.

Cette créature l'avait gardée prisonnière pendant cinq ans. Elle s'était entraînée chaque jour. Jamais elle n'avait été aussi rapide.

La lame fendit l'air pour lui trancher la tête.

Buffy esquiva.

L'épée s'écrasa sur le champ d'énergie magique qui enveloppait Angel. Un éclair violet remonta le long de la lame comme si elle eût été un paratonnerre. Giles se convulsa quand son propre sort le percuta avec assez de force pour tuer un homme ordinaire.

Mais le roi des vampires n'était plus un homme.

La sphère s'évanouit. Libre pour la première fois depuis cinq ans, Angel tendit la main vers Buffy.

Leurs regards se croisèrent. La jeune femme leva le bras…

Mais leurs doigts ne se touchèrent jamais. Angel se désintégra et le pieu tomba.

Buffy rattrapa au vol le morceau de bois pointu qui avait tué Angel. Giles était encore étourdi par sa propre magie, mais quand elle se tourna vers lui, il leva l'épée pour dévier son attaque. D'un coup de pied, Buffy lui écarta le bras et trompa sa garde.

Les traits de son adversaire se modifièrent. Une fois encore, elle se retrouva face à son ancien Observateur.

— Buffy, dit-il doucement. Je t'en prie…

— Tout est ma faute, chuchota la Tueuse. Mais j'ai l'intention de réparer mes erreurs.

Puis elle l'embrocha sans le quitter du regard.

Au milieu du nuage de poussière, elle se laissa tomber à genoux. Un combat commencé des années auparavant venait de prendre fin…

Non, ça n'était pas vraiment fini !

— Buffy ? appela une voix derrière elle.

Willow !

La Tueuse lâcha son pieu. Tandis qu'il roulait sur le sol, elle se tourna vers la sorcière qui ressemblait de moins en moins à sa meilleure amie d'autrefois.

Oz se tenait derrière elle. Mais pas Alex. En voyant le visage baigné de larmes de Willow, Buffy comprit aussitôt pourquoi.

Alors, elle pleura enfin.

Willow s'agenouilla près d'elle. Les deux jeunes femmes s'enlacèrent. Oz resta sur le seuil de la pièce, les yeux rougis.

et l'entraîna avec elle. Oz regarda longuement le cercueil, puis glissa un bras sous celui de Willow.

— Vous savez quoi ? Je me disais que… C'est comme si nous avions toujours vécu dans une grande maison construite à partir de nos vies et de tout ce que nous avons subi. Puis nous en sommes sortis, la porte s'est refermée derrière nous et nous ne pouvons plus y retourner.

Buffy frissonna dans ses vêtements trempés. Elle n'avait jamais entendu Oz faire un aussi long discours. D'habitude, il était si réservé ! Quand il parlait, c'était toujours pour dire quelque chose de pertinent ou pour réconforter les autres. Cette fois, c'était les deux en même temps.

Willow secoua la tête.

— Mais moi, je veux rentrer.

— Nous ne pouvons pas, répéta Oz. La porte est fermée. Mais il y a le reste du monde.

Cet homme étrange, que Buffy fréquentait depuis si longtemps sans le connaître vraiment, se tourna vers elle et lui fit un fantôme de sourire.

— A la fin, il était redevenu Alex. Il avait oublié comment s'y prendre et quelqu'un le lui a rappelé. Pour ce que ça vaut, je pense que c'était toi.

Une boule se forma dans la gorge de Buffy, qui ne put répondre. Elle glissa un bras sous le bras de Willow. Tous trois s'éloignèrent de la tombe.

— Mais nous allons tout changer, affirma-t-elle alors qu'ils sortaient du cimetière.

— Je crois que j'ai trouvé un moyen, dit Willow.

— Je me demande si on sentira quelque chose, souffla Oz.

Willow était assise à un grand bureau de chêne derrière des piles de livres et une montagne de notes rédigées de sa main.

Le soleil matinal entrait par les fenêtres, mais sa lampe verte brûlait. Elle était restée allumée toute la nuit, car Willow n'avait pas dormi.

Près d'une semaine était passée depuis le sauvetage de Sunnydale et l'extermination des vampires. Des recherches avaient révélé l'existence de trois pièces pleines de livres, au second étage de la mairie. La bibliothèque de Giles. Dans ces grimoires, l'ancien Observateur de Buffy avait appris toute la magie qu'il connaissait. Si Willow devait trouver quelque part un moyen de séparer les deux âmes de Buffy, ce serait forcément là.

Le soir même, elle avait dressé son camp dans la première pièce. A tour de rôle, Buffy et Oz lui avaient apporté des repas auxquels elle n'avait pas touché. Le matin où Alex avait été enterré, elle avait cru avoir trouvé les prémices d'une réponse.

Trois jours plus tard, elle en avait la certitude.

Terrifiée à l'idée de se regarder dans un miroir après une semaine où elle n'avait presque pas mangé et encore moins dormi, Willow eut pourtant un frisson d'excitation. Elle saisit deux ouvrages aux pages parcheminées et craquelées, et les serra contre sa poitrine.

Le matin précédent, elle s'était autorisé une douche dans la salle de bains du maire, et elle avait changé de vêtements.

Ses cheveux étaient retenus par un élastique en caoutchouc. Mais elle se moquait qu'ils lui tombent sur la figure. Alors qu'elle sortait de la pièce, elle défit sa queue-de-cheval et secoua la tête.

Elle se sentait bien pour la première fois depuis des années.

Il était à peine plus de sept heures quand elle frappa à la porte de Buffy. Elle marqua une pause avant de recommencer. La troisième fois, elle entendit son amie marcher.

La porte s'ouvrit. Plusieurs livres gisaient sur le sol

près d'une lampe. A part ça, la pièce ne contenait qu'un sac de couchage et les vêtements de rechange de Buffy.

La Tueuse portait une brassière bleu ciel et un pantalon de pyjama. Elle s'étira et fit signe à Willow d'entrer.

— Désolée de te réveiller.

— Pas grave... J'ai veillé tard hier soir pour m'entraîner avec Anna. Elle est plutôt douée.

Son regard se posa sur les livres de Willow.

— Tu as trouvé ?

— Oui.

— Raconte !

— Par où commencer ? Tu connais déjà une bonne partie de l'histoire, et tu as peut-être deviné le reste. Moi aussi, je suis partie de suppositions pour faire mes recherches.

« Camazotz et Zotziloha étaient des divinités mayas, des seigneurs du monde d'en dessous beaucoup plus puissants que de simples démons. Ils existaient au commencement du monde, mais la dévotion de leurs fidèles humains a augmenté leurs pouvoirs. Les érudits les confondent parfois parce qu'ils étaient un couple. Pas mariés au sens où nous l'entendons, mais mari et femme quand même.

« La destruction de la civilisation maya les a affaiblis. Pendant très longtemps, ils n'ont plus pu se manifester dans notre plan d'existence. Zotziloha s'en fichait, mais pas Camazotz. Un jour, il a réussi à ouvrir un portail et à entrer dans notre monde. Zotziloha ne voulait pas venir, mais il l'y a obligée.

« Elle se sentait si mal ici qu'elle a fini par haïr son époux. Une nuit, elle l'a attaqué et lui a mutilé les ailes. Camazotz a tué sa forme physique, mais son esprit lui a échappé. Elle s'est enfuie et mise en quête d'un hôte assez puissant pour semer ou détruire Camazotz. Evidemment, elle avait entendu parler de la Tueuse, et elle a pensé que ton corps serait un réceptacle parfait.

« Se faisant passer pour la Prophétesse, elle a utilisé Lucy Hanover pour entrer en contact avec toi et te prévenir que tu allais commettre une erreur aux conséquences terribles. C'était la vérité. Mais elle l'a fait pour te pousser à t'ouvrir à elle, afin d'expulser ton esprit de ton corps.

Willow se sentait oppressée. L'atmosphère était étouffante et le manque de sommeil commençait à la rattraper. Elle avait envie d'un verre d'eau.

Les fenêtres peintes en noir lui rappelaient trop les monstres qui occupaient ce bâtiment une semaine plus tôt. Elle jeta un sort pour les décaper et permettre à la lumière du soleil d'éclairer la pièce.

— C'est ce que j'avais deviné, dit Buffy. Mais comment peux-tu être sûre de la partie la plus récente de l'histoire ? Il m'étonnerait beaucoup que des bouquins du dix-neuvième siècle racontent leurs querelles d'amoureux.

— Giles était devenu un monstre, mais il avait conservé ses anciennes habitudes. Il a fait parler Camazotz et tout consigné par écrit.

Une boule se forma dans la gorge de Buffy.

— Il y a quelque chose que je ne comprends pas, avoua-t-elle. La prophétie de Zotzi-machin était vraie. Bon, au lieu de se contenter de me montrer le futur, elle m'y a projetée. Mais pour y arriver, elle devait être réellement capable de voir ce qui se passerait, non ?

— Oui, approuva Willow. Zotziloha avait des pouvoirs de voyance. Elle s'en est servie pour te montrer l'avenir. Au même moment, elle a utilisé un sort de transfert pour projeter ton esprit à l'endroit qu'il découvrait.

« La première fois que tu m'en as parlé, je n'ai pas compris comment c'était possible. Non seulement c'est possible, mais c'est très simple. Il lui a suffi de te montrer l'avenir vu par les yeux de ton double plus âgé de cinq ans. Un peu comme une projection astrale, sauf que tu n'as pas quitté volontairement ton corps.

Buffy fronça les sourcils.

— Quelque chose me chiffonne. Au départ, j'ai eu du mal à m'habituer à être deux esprits dans un seul corps. Mais les deux m'appartenaient, et ils ont fini par s'adapter à cette cohabitation.

« Quand la Prophétesse m'a projetée dans le futur, elle a dû sentir que mon moi plus âgé était toujours moi, et rien que moi… Tu vois ce que je veux dire ? Elle s'est forcément aperçue qu'elle n'utilisait plus mon corps comme hôte. Alors, pourquoi n'en a-t-elle pas déduit qu'elle finirait par se faire expulser ?

— Tu sais combien ces divinités peuvent être arrogantes. Elle a supposé avoir abandonné ton corps volontairement pour posséder quelqu'un d'autre ou pour regagner sa dimension d'origine. Elle n'a pas pensé que tu étais toujours toi parce que Camazotz l'avait tuée.

Buffy croisa les bras et ses biceps roulèrent sous sa peau. Même en pyjama, elle avait toujours l'air d'une formidable guerrière.

— Peux-tu me renvoyer en arrière ?

— Je crois pouvoir défaire le sort de Zotziloha. Ça ne sera pas le plus dur.

Buffy réclama de plus amples explications, que son amie se hâta de lui fournir.

— Si je réussis, tes deux âmes se sépareront. Celle qui est censée être ici y restera. L'autre regagnera ton corps d'il y a cinq ans, au moment où Zotziloha s'est manifestée dans notre chambre. Seulement…

— Seulement, ça s'est produit la nuit précédant ma capture. Giles était déjà mort. Ce qui signifie que tu dois me renvoyer plus tôt que ça.

— Exactement ! Et je crois que j'ai trouvé un moyen. Il faut que nous sachions à quel moment précis tu dois regagner ton corps. A quel moment tu as commis l'erreur qu'il faudra éviter de reproduire. Nous avons déjà parlé de la nuit où Giles a été enlevé et où…

Willow s'interrompit. Elle était tellement excitée par ses découvertes qu'elle n'avait pas pris en compte les sentiments de Buffy. Son amie n'avait pas besoin qu'on lui rappelle qu'elle avait abandonné son Observateur. A cause de ça, des milliers d'innocents avaient trouvé la mort.

Buffy surprit Willow en finissant sa phrase.

— … je me suis enfuie.

— Euh… Enfuie n'est peut-être pas le terme exact…

— D'accord : je me suis jetée par une fenêtre et j'ai failli me noyer en essayant d'échapper aux Kakchiquels. J'ai bien réfléchi. Je ne crois pas que ce soit ça. J'ai commencé à me fourvoyer bien avant.

Buffy prit une inspiration.

— Je n'ai jamais mesuré ma chance d'être entourée par des gens qui étaient les amis de Buffy Summers et les alliés de la Tueuse. Tout le monde prétend que mes pouvoirs sont un don. Mais aucune des Elues qui m'ont précédée n'a choisi sa destinée. Elles ont combattu les forces des ténèbres pendant quelques années, puis elles sont mortes. Alors que moi… je vous avais. Des amis ! Je n'ai jamais compris que c'était ça, mon don.

Willow sourit. En cet instant, malgré les années, Buffy ressemblait à la lycéenne fraîchement débarquée à Sunnydale qui s'était montrée si gentille avec elle dès le premier jour.

— Alors, que fait-on ? Veux-tu consulter le Conseil avant de commencer ?

— Je ne suis pas certaine qu'il me croirait. Et il y aurait peu de chances qu'il m'encourage.

— Je ne vois pas ce qu'il y a de gênant à vouloir éviter un carnage.

— De son point de vue, le Conseil a gagné, dit Willow. Et si, en revenant en arrière, tu ne parvenais pas à éviter tout ça ? Si tu aggravais la situation ? Certains pensent que leur présent, si tu modifies leur passé, risque d'être encore plus déplaisant.

— Qu'est-ce qui pourrait être plus déplaisant que ça ?

— La mort. Si tu modifies le passé, certains d'entre nous ne vivront peut-être pas jusqu'à aujourd'hui.

— Je n'y avais pas pensé. (Une pause.) Alors, qu'est-ce qu'on fait ?

— Nous pourrions lancer un sondage auprès de toute la population mondiale, pour voir si ça dérange quelqu'un que tu tentes d'empêcher un holocauste miniature. Ou nous pourrions faire notre petit bazar dans notre coin, sans en parler à personne.

— Je vote pour la deuxième solution.

— Je ne sais pas pourquoi, mais je m'en doutais. Retrouve-moi dans mon bureau dans une heure.

Vers huit heures et demie, Buffy sortit dans le couloir du deuxième étage de la mairie. Le bâtiment grouillait d'agents du Conseil et d'employés du gouvernement qui tentaient de rétablir l'ordre à Sunnydale. Quelques-uns d'entre eux seulement reconnurent la jeune femme et la saluèrent au passage, mais elle ne s'en offusqua pas. Après tout, elle ne reconnaissait personne.

Après avoir pris une douche, elle avait enfilé un jean, des bottes et une chemise de soie verte presque trop habillée. Mais ça n'avait pas d'importance.

Elle avait songé à faire ses adieux à Oz et à Anna, puis conclu que ça n'était pas la peine. La Buffy de vingt-quatre ans n'irait nulle part : elle appartenait à cette époque. Si l'autre Buffy échouait, rien ne changerait ici. Et si elle réussissait, personne n'en saurait jamais rien.

Elle s'immobilisa devant la porte du bureau réquisitionné par Willow et frappa une seule fois avant d'entrer.

Le désordre avait été nettoyé, les livres de nouveau rangés sur des étagères. Les bougies blanches semblaient déplacées en plein jour. La brise qui soufflait par la fenêtre ouverte faisait vaciller leur flamme sans l'éteindre. Buffy eut le pressentiment que ces flammes-là résisteraient même à un ouragan.

Willow portait toujours les mêmes vêtements froissés. Bien qu'elle n'ait pas dormi, elle semblait moins fatiguée qu'une heure auparavant.

Elle n'avait pas perdu de temps. Sur le bureau débarrassé des grimoires de Giles, des cônes d'encens brûlaient dans deux petites assiettes métalliques. Entre elles reposaient un fagot de brindilles nouées par un ruban rouge et l'épée à la lame gravée de runes.

— Je suis en retard ? s'inquiéta Buffy.

— Tu ne peux pas être en retard, c'est *ta* surprise-partie.

— Oh, tu n'aurais pas dû !

Les deux jeunes femmes se regardèrent un moment, l'air grave. Puis Willow se leva, saisit l'épée et fit signe à Buffy d'approcher.

— Je dois te couper, annonça-t-elle.

— Ce n'est pas que je mette ton savoir-faire en question, mais… Pourquoi ?

Willow appuya la pointe de l'arme sur le sol.

— Comme toute forme d'énergie, les âmes laissent une trace derrière elles. Si tu pouvais visualiser le temps, tu distinguerais le chemin suivi par toutes les âmes vivantes. Le sort de Zotziloha t'a fait faire un bond en avant. Ce n'est pas aussi positif qu'on pourrait le croire.

« Une fois que j'aurai levé la malédiction, tu ne pourras pas revenir en arrière en suivant le même chemin. Sinon, ça ne changera rien. Mais tu es différente de la plupart des gens. Le pouvoir de la Tueuse est une force primitive attribuée à chaque Elue et qui existe indépendamment d'elles. Il ne disparaît pas à leur mort, et continue à suivre son propre chemin.

« Je vais te lier à ce pouvoir, Buffy. Pour ça, j'ai

besoin de t'oindre du sang de la Tueuse. Même si c'est le tien, ça devrait fonctionner pour le sort que j'ai en tête. A l'origine, il permettait à un sorcier de voir à travers les yeux de ses ancêtres. Il faut que tu te concentres sur le moment du passé auquel tu veux retourner. Quand tu auras fait le nécessaire pour empêcher tout ça de se produire, tu ne t'en rappelleras sans doute plus. Parce que ça ne sera jamais arrivé.

— Je ne veux pas oublier. J'ai besoin de m'en souvenir.

— Moi, je ne suis que l'agence de voyages…

— Alors, où comptes-tu m'entailler ?

— Sur la paume. C'est assez traditionnel.

La Tueuse se redressa de toute sa hauteur et tendit la main à Willow, qui la serra brièvement, puis leva l'épée et la posa dessus.

— Concentre-toi sur le moment auquel tu veux retourner, lui rappela-t-elle.

Elle fit glisser la lame de l'épée, qui entailla la chair de Buffy.

— Regarde-moi faire couler sept gouttes du sang que tes ancêtres t'ont légué.

Lâchant l'épée, Willow trempa les doigts de sa main droite dans le sang de Buffy, et toucha le front et les joues de son amie, puis ses poignets.

— Ouvre la bouche, ordonna-t-elle.

Buffy s'exécuta. Willow lui barbouilla les lèvres, la langue et les dents. Le goût cuivré de son propre sang emplit la bouche de la Tueuse.

— Venu du cœur, du sang de tes ancêtres, du puits de ton esprit et de la force de celles qui t'ont précédée ! Je te lie au pouvoir de la première d'entre vous et de toutes celles qui se sont succédé entre elle et toi.

Willow marqua une pause.

— J'ai un peu modifié l'incantation, expliqua-t-elle, mais je crois que ça devrait aller.

Buffy sourit.

— C'était très bien.

Willow traça des cercles dans les airs. La fumée des bougies et de l'encens parut attirée par la Tueuse et tourna paresseusement autour d'elle.

— Le plus difficile est fait, dit Willow.

Elle prit le fagot de brindilles, sur le bureau, et le tendit à Buffy.

— Quand je te ferai signe, dénoue le ruban et laisse-les tomber. Bonne chance.

La main de Buffy était toute poisseuse de sang.

— Au nom de la Lumière et des Ténèbres, au nom de la Terre et de l'Air, au nom du Monde et du Voile, que se dissipent la malédiction et la douleur de ce cœur.

La fumée brûlait les yeux de Buffy. Willow lui fit un signe de tête.

Elle tira sur la boucle satinée du ruban. Les brindilles tombèrent sur le sol.

Un courant d'une puissance inimaginable la propulsait au fond d'un océan rouge. Pourtant, elle ne sentait aucune résistance. Elle n'était pas une intruse dans cette dimension, mais faisait partie de cet abysse. Elle était l'eau du torrent, le vent de la tempête.

Un gouffre de ténèbres familières s'ouvrait devant elle. Autrefois, elle s'était perdue et avait oublié son identité. Mais ça n'était plus le cas. Elle avait conscience de la pression de sa chair sur son cœur, comme si c'était là que résidait son âme. Et dans ses entrailles, une autre force la tirait en avant.

Des lumières clignotaient dans l'obscurité. Etincelles d'âmes, pensées et émotions… La gare routière où Willow, Alex, Oz et Anya avaient combattu les Kakchiquels et tenté de l'arrêter. Ou plutôt, d'arrêter Zotziloha, cachée dans son corps.

Camazotz était là. Et la bête tapie à l'intérieur de

Giles : le monstre, le vampire. Son Observateur était déjà mort.

Le dieu des chauves-souris arracha l'esprit de son épouse démoniaque du corps de Buffy. Cette coquille de chair vide l'attira, tentant son cœur et son esprit avides de regagner la place qui était la leur.

Non.

Buffy se concentra sur un moment antérieur. Dans sa chambre, sur le campus de l'université, quand elle avait appelé Oz au téléphone. Giles voulait que Willow les rejoigne pour lancer un sort qui leur permettrait de localiser Camazotz. Il lui avait même donné la liste des ingrédients nécessaires.

Pourtant, quand Oz lui avait dit que Willow était sortie, Buffy n'avait pas laissé de message. Elle savait que Giles serait furieux en l'apprenant, mais elle ne souhaitait pas impliquer son amie dans cette affaire.

Au fond de son cœur, Buffy ne voulait l'aide de personne. Elle s'était convaincue qu'il était possible de séparer ses deux existences. Non seulement possible, mais préférable. Elle croyait que laisser ses amis la soutenir l'empêchait d'être une Tueuse efficace... et de profiter pleinement de sa vie d'étudiante.

A présent, elle comprenait qu'elle avait été égoïste de les tenir à l'écart de sa vie de Tueuse, et idiote de penser que la séparation de ses deux existences était « non seulement possible, mais préférable ».

A cet instant, elle avait laissé ses émotions prendre le pas sur son bon sens. Suite à un malentendu, la situation était tendue entre Willow et elle. Il semblait à Buffy que son amie l'évitait. Puérilement, elle avait voulu l'éviter aussi.

C'était l'erreur qui avait conduit à la capture de Giles, à sa mort et à toutes les horreurs dont elle venait de faire l'expérience. Elle allait regagner son corps à cet instant pour modifier l'avenir.

Buffy se concentra. Elle le sentait approcher.

Des images se formèrent dans le vide, autour d'elle. Elle sentit l'odeur iodée de l'océan et entendit la cloche d'une bouée dans le lointain. Elle se revit dans le bureau du capitaine du port, où le vampire tenait Giles entre ses griffes.

Dans quelques minutes, elle se jetterait par la fenêtre pour s'échapper. Giles serait emmené dans le repaire des Kakchiquels et mourrait.

Elle devait empêcher ça.

Son âme se tendit vers cet instant. Mais ça n'était pas le bon, et elle le savait. Si elle s'arrêtait là, elle reproduirait les mêmes gestes et l'histoire se répéterait inéluctablement.

Buffy se força à ne pas interrompre son voyage à rebrousse-temps mais à le continuer jusqu'au moment où elle avait appelé Oz, quelques heures plus tôt, cette même nuit.

Mais elle avait brisé sa concentration.

Et dépassé l'instant crucial.

Buffy projeta son esprit dans l'éther, le vide rouge et noir, et tenta de saisir son propre corps. Un barrage d'images l'assaillit. Comme si elle pouvait voir à travers les yeux de chaque Tueuse.

Ainsi, Willow avait réussi.

Des armées de démons déferlaient dans la toundra gelée. Des villages brûlaient. Des horreurs inimaginables périssaient sous les coups de son épée, de son pieu, de sa massue ou de ses mains nues. Des hommes en cape noire manipulaient la magie. Des femmes en robes victoriennes gisaient dans les rues, poitrine ensanglantée. L'aube se leva sur la Rome antique, et le crépuscule se coucha sur la Révolution française.

Elle était toutes celles qui l'avaient précédée. Elle haïssait leurs ennemis, aimait leurs amants, ressentait leur douleur et partageait leurs joies. A travers les yeux de chacune, elle voyait des vampires tomber en poussière.

Ce fut presque assez, pour éparpiller son âme à travers les âges, dans ces millénaires où avaient vécu les autres Tueuses.

Non, *pensa-t-elle, et son refus se répercuta à l'infini.* C'est moi, la Tueuse.

Moment par moment, vie par vie, en une seconde ou une fraction d'éternité, Buffy se reconstitua. Avec son cœur et son âme, elle saisit la ligne d'énergie qui représentait le pouvoir de l'Elue.

Par-delà le temps, elle vit à travers ses propres yeux sa rencontre avec Merrick, son premier Observateur. La nuit où elle avait fait l'amour avec Angel. Toutes les fois où elle avait ri avec Alex et pleuré avec Willow. Les occasions où Giles lui avait prêté sa force et sa foi.

Enfin, elle se vit dans sa chambre en train de parler à Oz au téléphone et de commettre une terrible erreur. Elle se tendit pour regagner son corps…

Une collision.

Elle ne pouvait pas entrer. Willow avait dissipé le sort de Zotziloha, mais c'était ce charme qui lui avait permis de cohabiter avec son âme plus âgée de cinq ans dans le futur. Dans le passé, elle ne pouvait pas s'introduire dans un corps déjà occupé par une autre âme. Même si elle lui appartenait aussi.

Elle regarda Buffy dire au revoir à Oz et raccrocher.

Le moment était passé. C'était fini.

Elle était perdue.

Dans le brouillard qui était en partie sa chambre universitaire et en partie l'abysse insondable, une voix cria son nom. Des volutes de brume se mêlèrent, dessinant un visage familier plein d'affection et d'inquiétude.

— Lucy, souffla Buffy.

Autrefois, elle aussi avait été une Tueuse. Après sa mort, elle s'était attardée dans le monde des esprits, les limbes que les âmes humaines traversent en route pour gagner leur destination finale. Lucy les guidait, lanterne éclairant le chemin de ceux qui s'étaient perdus.

Comme Buffy.

— Comment est-ce possible ? demanda le fantôme.

Buffy le lui expliqua, infiniment soulagée de ne plus être seule.

CHAPITRE VII

Dans la maison qu'Oz partageait avec quelques étudiants, un peu à l'écart du campus de l'université de Sunnydale, Willow luttait pour empêcher le fromage de couler de son morceau de pizza.

D'un coup de dents, elle trancha les longs filaments qui le rattachaient à sa bouche. Ses doigts étaient maculés de sauce tomate et de gras. Alors qu'elle s'apprêtait à mordre de nouveau dans la pizza, elle surprit le regard amusé d'Oz.

— Tu pourrais la plier en deux, proposa-t-il.

Son morceau de pizza reposait dans une serviette en papier qui empêchait le fromage et la sauce de couler.

— J'aime vivre dangereusement, dit Willow. Etre casse-cou dans mes choix alimentaires. On est censé se mettre de la pizza partout. Ça fait partie du rituel. La plier par souci de propreté est une abomination.

Oz but une gorgée de soda au raisin.

— De toute façon, tu as pris un gros paquet de serviettes, fit-il remarquer.

— De toute façon, répéta Willow en saisissant celle du dessus. Mais même sans ça, je résisterais à la tentation du pliage.

Oz hocha la tête, visiblement impressionné.

— La vie sans filet !

— Je suis comme ça !

Willow reprit son morceau de pizza et mordit dedans.

Comme le fromage s'était détaché de la pâte et menaçait de glisser, elle dut garder la pizza à hauteur de son menton pendant qu'elle mâchait. Oz avala deux bouchées bien nettes sans cesser de la regarder.

Exactement ce que Willow voulait : une soirée tranquille avec son amoureux. Buffy était sa meilleure amie et sa camarade de chambre, mais elle semblait irritable depuis quelque temps, et Willow avait l'impression qu'elle la repoussait. Ça l'attristait et l'irritait. D'où la pizza, nourriture réconfortante par excellence.

Dans un coin de la pièce – étonnamment bien rangée pour une chambre de garçon – reposaient la guitare et l'ampli d'Oz.

— Après manger, tu me joueras la nouvelle chanson que tu es en train d'écrire ? demanda Willow entre deux bouchées.

— Pour l'instant, je n'ai que le refrain, mais si tu insistes…

— J'insiste.

— Au fait, Buffy a appelé pendant que tu étais sortie.

Willow posa sa pizza et s'essuya les mains avec une serviette propre.

— Pourquoi ne me l'as-tu pas dit plus tôt ?

— Je ne voulais pas gâcher notre festin. Giles et elle bossent sur l'affaire Camazotz. Ils espéraient que tu pourrais faire des recherches sur les bateaux ancrés dans le port de Sunnydale.

Aussitôt, Willow tenta d'évaluer le temps requis et la difficulté de la tâche. Bien sûr, il y avait des variables inconnues. Elle n'avait jamais fait ce genre de choses, mais se fiait à ses talents de pirate informatique.

— Elle t'a dit si c'était urgent ? Je suppose que oui. Plus vite on retrouvera Camazotz, moins il pourra faire de dégâts.

— Je ne sais pas. Elle ne me l'a pas précisé.

Willow but une gorgée de soda et réfléchit. Avec la

façon dont Buffy se comportait depuis quelque temps, à vouloir tout faire toute seule, il semblait étonnant qu'elle lui réclame de l'aide. Ça devait vraiment être important.

— Je ferais mieux de la rappeler.

Mais personne ne répondit. Le répondeur se déclencha et Willow raccrocha sans laisser de message. Elle observa le combiné pensivement, puis composa le numéro de Giles.

Un son aigu sortit de l'ampli posé dans le coin. Willow frémit et jeta un coup d'œil pour voir s'il était resté allumé. Mais la petite lumière rouge était éteinte. Perplexe, elle se tourna vers Oz, qui semblait tout aussi étonné qu'elle. Il se leva et s'approcha de l'ampli.

L'éclairage baissa comme si l'ampoule du plafonnier était sur le point de claquer. Du coin de l'œil, Willow vit quelque chose bouger. A l'autre bout de la ligne, le téléphone sonna dans l'appartement de Giles.

Willow se retourna. Au centre de la pièce, juste au-dessus du carton de la pizza, des morceaux de croûte, des noyaux d'olive et des serviettes froissées, planait le fantôme de Lucy Hanover.

Willow raccrocha. L'expression lugubre de Lucy ne lui disait rien qui vaille.

— Tu attendais de la visite ? demanda Oz.

— Lucy ? Que se passe-t-il ?

— Bonsoir, amie Willow. Désolée de vous déranger, mais nous n'avons pas beaucoup de temps, et ce n'est pas moi qui souhaite parler avec vous.

Willow allait demander à Lucy ce qu'elle voulait dire quand elle s'avisa qu'une autre silhouette se formait dans la pénombre. Elle retint son souffle, se demandant de qui il s'agissait.

Une main glacée étreignit son cœur. Elle secoua la tête.

— Non, balbutia-t-elle. C'est impossible. Tu ne peux pas…

Oz s'approcha et lui passa un bras autour de la taille. Willow lui en fut reconnaissante, car elle sentait ses jambes se dérober.

— Willow, souffla l'apparition.

— Non… Non ! Buffy, dis-moi que tu n'es pas…

— Ce n'est pas ce que tu crois…

L'ampli éteint crachota.

— C'est moi… en quelque sorte… Mais j'ai commis une affreuse erreur, et la situation est sur le point de dégénérer. J'ai besoin de ton aide pour l'en empêcher.

— Je ne comprends pas.

— Quand j'ai appelé, je devais te demander de nous rejoindre, Giles et moi, pour lancer un sort et découvrir où se cache Camazotz. Mais je… Bon, je t'expliquerai plus tard.

« Pour le moment, il faut que tu contactes Alex et Anya. Ils sont chez Giles. Allez les chercher et retrouvez-moi devant la capitainerie du port. Venez armés. Les Kakchiquels sont plus forts et plus rapides que les vampires moyens, et ils seront nombreux. Quelques cocktails Molotov nous serviraient bien.

Le cœur battant à tout rompre, Willow regarda Oz.

— Je peux m'occuper des « boissons », dit-il simplement.

— Nous serons là, promit Willow au spectre de sa meilleure amie.

Cette manifestation de Buffy ressemblait tant à Lucy Hanover, que Willow ne put se défaire de l'idée que la Tueuse était morte.

— Tu es sûre que tu vas bien ?

— Avec vous pour me prêter main-forte, tout se passera à merveille, assura Buffy. Mais vous devez vous dépêcher, ou ça se déroulera comme la dernière fois.

Willow fronça les sourcils.

— La dernière fois ?

— Giles mourra. Et ça ne sera que le commencement.

L'abysse rouge et noir avait cédé la place à un autre vide, gris et plein de brume tourbillonnante.

Buffy connaissait cet endroit. Elle y avait déjà voyagé, pas en tant qu'esprit, mais physiquement. Les routes fantômes. Des silhouettes apparaissaient et disparaissaient à la limite de sa vision. Des voix désespérées ou émerveillées chuchotaient autour d'elle.

Lucy lui ouvrait la voie dans le brouillard. Elle la suivait de son mieux, même si elle savait que la notion de déplacement était subjective dans ce royaume.

— Reste près de moi, lui recommanda Lucy. Il ne faut pas que tu te perdes si tu veux empêcher la catastrophe que tu m'as décrite.

Elle tendit une main éthérée à Buffy.

Ce voyage l'angoissait, car elle savait combien il était facile aux âmes des morts de se perdre dans les limbes. Seuls les plus chanceux recevaient l'aide de Lucy.

— D'après ce que tu m'as dit, il semble que j'aie involontairement aidé Zotziloha à te piéger. Toutes mes excuses.

— Pour quelque chose que tu ne feras jamais ? dit Buffy, tentant d'ignorer les âmes errantes qui les entouraient. Tu es pardonnée. Si tu peux me faire regagner mon corps, nous serons quittes.

Lucy tourna la tête vers elle et lui sourit.

— Je peux seulement t'aider à te manifester à ton moi de chair et d'os. Ce sera à toi de le convaincre de te laisser entrer. Dans l'avenir que tu as vécu, mais qui ne s'est pas encore produit ici, Zotziloha a eu besoin de ton consentement pour toucher ton âme…

Avant que Buffy puisse répondre, la brume s'écarta et le monde reprit des couleurs. Mais il semblait être en deux dimensions.

Elles étaient dans le quartier du port, tout près de la capitainerie. Non loin de là, un chien aboyait. Le ciel était chargé, et les étoiles brillaient faiblement. Un goéland cria en les survolant.

La vieille Citroën de Giles était garée au bord du trottoir. Malgré l'obscurité, Buffy se vit assise sur le siège du passager. Il était tellement bizarre de se contempler de l'extérieur ! Son âme brûlait de retrouver sa chair. Elle voyait son expression frustrée et savait ce qui se passait dans sa tête : elle se demandait pourquoi Giles mettait si longtemps à revenir.

Giles...

Buffy regarda la capitainerie. Une lumière brûlait à l'intérieur du petit bâtiment. Giles était devant l'entrée, les bras croisés. Elle se réjouit de le revoir vivant et en bonne santé. Mais il n'y avait pas de temps à perdre. Bientôt, le vampire allait sortir et l'attirer dans son bureau, où Camazotz l'attendait.

Lucy passa à travers la voiture, comme si elle n'était pas là. Buffy hésita. Bien qu'elle ne fût qu'un pur esprit, elle avait du mal à concevoir qu'une telle chose soit possible. Lucy la tira par la manche et l'entraîna à l'intérieur du véhicule. Buffy se retrouva assise sur la banquette arrière, contemplant sa propre nuque.

— Buffy ! lança Lucy d'une voix pleine d'autorité.

L'esprit et le corps de Buffy se tournèrent vers le fantôme. Sur le siège du passager, la Tueuse écarquilla les yeux. Mais elle se calma en reconnaissant Lucy Hanover.

Puis son regard dériva vers la droite et elle se vit.

— Qui es-tu ? s'exclama-t-elle.

Même si ça n'aurait pas été perceptible pour quelqu'un d'autre, la Buffy spectrale savait qu'elle était très perturbée. Après tout, elle était bien placée pour se connaître.

— Le fantôme des Noëls futurs, répliqua-t-elle. Lucy m'a dit... t'a dit... que quelque chose de terrible allait se produire et que ce serait ta faute. C'est la vérité, mais je peux encore l'empêcher si tu me laisses entrer.

Sur le siège du passager, Buffy plissa les yeux.

— Comment ?

— Fais-moi confiance.

Un instant, elle craignit que ça ne marche pas. Si la Buffy de chair et de sang pensait que c'était une ruse de démon, tout serait perdu.

Mais quand l'apparition tendit une main spectrale vers son propre visage, elle vit une lueur de reconnaissance dans les yeux de son double et sut que rien ne l'empêcherait de regagner son corps.

Ses doigts traversèrent sa propre peau.

Les deux âmes de la Tueuse s'unirent.

Les souvenirs du futur de cauchemar où elle avait brièvement séjourné percutèrent ceux de la Buffy qui n'avait jamais quitté son époque. Elle s'affaissa sur son siège, sentant le contact de la housse de skaï sous sa joue.

Quelques secondes passèrent. Son regard se focalisa sur les boutons de la radio, et elle se redressa. Buffy était troublée par ce dédoublement, mais elle en avait déjà fait l'expérience et savait comment le gérer.

Sur la banquette arrière, le fantôme de Lucy Hanover, moins translucide dans la pénombre, l'observait, l'air curieux.

— Tu vas bien ?

— Nous ne tarderons pas à le savoir, répondit Buffy. Assure-toi que Willow et les autres ne se perdent pas.

Le fantôme disparut.

Buffy observa la capitainerie à travers le pare-brise. Giles était toujours dehors, mais il venait de lever le bras pour frapper à la porte. La Tueuse ouvrit sa portière d'un coup d'épaule et bondit à terre, puis courut vers Giles sans la refermer.

Elle allait crier un avertissement quand la porte s'ouvrit. Une main jaillit pour tirer Giles à l'intérieur.

Buffy jura entre ses dents et accéléra. Quand la cloche d'une bouée sonna au loin, elle craignit de ne rien pouvoir faire pour modifier ce qui allait se passer. Ce qui s'était déjà passé.

Mais cette fois, elle savait ce qui l'attendait dans la capitainerie. Et que des dizaines de Kakchiquels étaient en embuscade dans les rues voisines, prêts à l'encercler.

Non. Il y a une autre différence. Des renforts sont en route, et eux aussi savent à quoi s'attendre.

Assis sur le plancher du van, Alex tenait la caisse de cocktails Molotov pendant qu'Oz prenait un virage sur les chapeaux de roues. Entendant un bruit de bouteilles qui s'entrechoquent, le jeune homme frémit.

— Pourquoi c'est moi qui ai des explosifs entre les jambes ?

Willow se retourna sur le siège du passager.

— Ils n'explosent que si on les allume, lui rappela-t-elle gentiment.

— Je sais, dit Alex. Mais quand même, je ne suis pas rassuré.

Personne ne répondit. Tous étaient accablés par la gravité de la situation.

Alex n'avait pas encore bien assimilé l'histoire de l'apparition de Buffy. Mais il avait vu des choses plus étranges depuis l'arrivée de la Tueuse à Sunnydale. L'inquiétant, c'était qu'elle ait tant insisté sur l'urgence de leur intervention. Il n'aimait pas ça du tout.

A la place de l'équipement musical qu'Oz trimballait d'habitude s'empilaient toutes sortes d'armes. Pas de marteaux de guerre ni de pieux : la nature spéciale des Kakchiquels les incitait à ne pas s'approcher plus que nécessaire.

Ils avaient emporté deux arbalètes, une épée longue, une hache de bataille et une lame incurvée que Willow appelait cimeterre. Si ces vampires étaient aussi rapides qu'elle le prétendait, les arbalètes ne leur serviraient qu'une fois avant qu'ils arrivent au contact.

Anya était assise en tailleur face à Alex. Il aurait préféré ne pas l'emmener, même s'il l'aimait. Ou justement parce qu'il l'aimait.

— On n'a pas oublié le briquet, hein ? demanda Willow.

Alex paniqua un instant, avant qu'Anya ne brandisse fièrement un Zippo, l'allumant pour prouver qu'il fonctionnait. La flamme était à trente centimètres à peine des cocktails Molotov. Alex ouvrait la bouche pour protester quand Anya l'éteignit.

— Je suis un élément essentiel du groupe, déclara-t-elle. C'est très excitant.

— Si tu le dis…, soupira Alex.

Il baissa les yeux vers les bouteilles nichées entre ses jambes. Il n'aurait jamais cru penser ça un jour, mais heureusement que les copains d'Oz étaient des soiffards patentés amateurs d'alcool très fort. Sa sélection faite, il lui avait suffi de déchirer une vieille chemise de bowling et de fourrer les bandes de tissu dans le goulot des bouteilles. Une douzaine en tout. *Mais pour combien de vampires ?* se demanda Alex.

Quand le fantôme apparut dans le van, il cria. Bien que Lucy Hanover se tînt entre Anya et lui, il voyait sa petite amie à travers la silhouette diaphane de la Tueuse morte.

— C'est déjà commencé, annonça Lucy. Vous devez vous dépêcher.

Oz écrasa l'accélérateur. Ils tournèrent et débouchèrent sur l'avenue qui longeait les quais. Au bout se dressait la capitainerie.

— Pas de flics en vue, constata Alex en se tordant le cou.

Malgré l'obscurité, il vit la Citroën de Giles garée le long du trottoir. Et un peu plus loin…

— Buffy vient d'entrer, annonça Willow.

Mais Alex ne regardait pas la porte de la capitainerie. Son attention était rivée sur les ombres qui entouraient le bâtiment. Des ombres piquetées de points orange jumeaux : les yeux des Kakchiquels. Ils émergèrent de leur cachette et se déployèrent en demi-cercle devant la capitainerie.

— Les invités sont déjà là, grogna Alex.

— Je vais voir si je peux faire quelque chose, dit Lucy.

Alex frissonna. Quand il tourna la tête, le fantôme avait disparu.

— Les arbalètes ! réclama Willow.

Alex les saisit, s'assura que des carreaux y étaient engagés et les tendit à son amie. Elle en prit une dans chaque main pendant qu'Oz, le pied au plancher, fonçait sur la capitainerie.

— Anya, appela Alex en poussant vers elle la caisse de cocktails Molotov. Prépare-toi à en allumer quelques-uns. Il faut attendre que les vampires se rassemblent autour de nous.

— Ça ne devrait pas tarder, prédit Oz. (Il klaxonna.) Voilà. Buffy sait que nous sommes là.

Entendant le rugissement du moteur et le bruit du klaxon, les Kakchiquels firent volte-face. Oz donna un coup de volant et en écrasa deux. Puis le van s'immobilisa.

Willow tendit une arbalète à son petit ami. Ils tirèrent par leur vitre ouverte. La jeune fille cria de triomphe. Alex comprit que les carreaux avaient atteint leur cible. Deux vampires explosèrent.

Willow et Oz remontèrent précipitamment leur vitre. Les Kakchiquels martelaient les flancs et la porte arrière du van. Le métal grinça et s'enfonça mais tint bon.

Une bouteille dans chaque main, Alex attendit qu'Anya mette le feu aux bandes de tissu imbibées d'alcool qui dépassaient du goulot. Dès qu'elles s'enflammèrent, il lui en donna une et se glissa vers la portière de derrière. Il la déverrouilla discrètement puis lui flanqua un coup de pied.

Des vampires reçurent la portière en pleine tête et reculèrent en titubant. Anya et Alex jetèrent les cocktails Molotov. Quelques Kakchiquels crièrent de douleur. Leurs vêtements et leurs cheveux s'embrasèrent. Ils se roulèrent sur le sol pour éteindre les flammes, bloquant le passage à leurs compagnons.

La vitre du passager se brisa. Des mains aux doigts recourbés comme des serres se tendirent vers Willow. Oz redémarra, et le van parcourut dix mètres avant de s'immobiliser brutalement.

Alex passa la hache à Oz et le cimeterre à Willow. Il garda l'épée, bien qu'il n'ait pas l'habitude de manier ce genre d'arme. La portière arrière était toujours ouverte. Mais les vampires n'osaient pas approcher après ce qui était arrivé à leurs congénères.

Willow, Oz et Alex bondirent à terre en même temps. Anya tira une autre bouteille de la caisse et alluma la mèche au moment où les Kakchiquels revenaient à l'assaut.

Ses amis se placèrent dos à dos pour les affronter. Un vampire aux cheveux gras griffa l'épaule d'Oz. Alex voulut se porter à son secours mais Willow fut plus rapide. Elle décapita promptement Pas-de-Shampooing.

D'autres cocktails Molotov se brisèrent autour d'eux. Des Kakchiquels brûlèrent. Alex réussit à en blesser deux, mais pas à les tuer. Il maudit sa propre maladresse. Mais ses adversaires étaient neutralisés. C'était tout ce qui comptait.

Une main lui saisit l'épaule et il sentit des griffes s'enfoncer dans sa chair. Il se dégagea en brandissant son épée. La lame entama le cou du Kakchiquel sans le trancher tout à fait. Une lueur orange malsaine brûlait dans les yeux de la créature. Vu de près, son tatouage en forme de chauve-souris était encore plus impressionnant.

Le vampire explosa. Apparemment, une décapitation partielle avait suffi.

Derrière Alex, Anya cria. Il se retourna et vit que deux Kakchiquels l'avaient empoignée : une femme à la peau couleur olive, aux cheveux coupés très court et aux jambes moulées dans un pantalon de cuir, et un type maigrichon avec une queue-de-cheval. La femme arracha à Anya un cocktail Molotov allumé.

Alors qu'il se portait à son secours, Alex sut qu'il arriverait trop tard. Une image d'Anya le cou brisé s'imposa à son esprit.

Mais la vampire tira un grand coup de pied dans l'estomac de son compagnon, qui recula sous le choc, puis lui lança le cocktail à la figure. Les flammes embrasèrent la chemise du mort-vivant. Il se tapa sur la poitrine pour les éteindre… et explosa.

— Que… ? commença Alex, stupéfait.

La vampire se tourna vers lui et sourit.

— J'avais dit que j'essayerais de vous aider, fit-elle d'une voix éthérée que le jeune homme reconnut aussitôt.

Anya voulut l'attaquer.

— Non, dit Alex. C'est Lucy Hanover.

— Comment ça ? grogna sa petite amie.

— Je ne sais pas, mais je ne vais pas m'en plaindre.

Ils s'intéressèrent au combat. Les flammes se propageaient, les lames s'abattaient, les vampires mouraient. Ils étaient en train de gagner, comprit Alex.

Un beau désordre régnait dans la capitainerie. Des papiers jonchaient l'énorme bureau de chêne, au fond de la pièce. Une lampe brisée gisait sur le sol à côté d'un téléphone au câble arraché. Une marine représentant un schooner sur le point de s'échouer au pied d'un phare était accrochée de guingois au mur. Une étagère de livres avait été renversée.

A la maigre lumière de deux autres lampes, Buffy découvrit un spectacle qui lui glaça le sang.

Un spectacle qu'elle avait déjà contemplé.

Giles gisait sur le sol dans l'encadrement d'une porte qui conduisait à la pièce voisine. La jambe droite de son pantalon était déchirée. Il tenta de s'asseoir, mais il avait le regard vitreux. Son visage était couvert de coupures et d'ecchymoses ; un peu de sang coulait au coin de sa bouche.

Le capitaine du port était penché sur lui et l'avait saisi par le col de sa chemise. Quand Buffy entra, il leva les yeux vers elle et grogna.

Dehors, la jeune fille entendit un klaxon et un crissement de pneus. Elle sut que ses amis venaient d'arriver. Cette fois, elle n'aurait pas à se battre seule.

— Lâchez-le ! ordonna-t-elle.

Le monstre éclata d'un rire rauque.

— Sinon quoi ? Tu me tueras ? Et si je le libère, tu me laisseras partir ? Nous ne sommes pas tous nés de la dernière pluie, tu sais.

Des mots que Buffy avait déjà entendus.

Il souleva Giles et le plaqua contre lui pour s'en servir comme d'un bouclier.

— Buffy… Va-t'en, gémit Giles.

Le vampire lui flanqua un coup de tête sur l'arrière du crâne. Le craquement fit frémir Buffy et lui donna la nausée. Les yeux de Giles roulèrent dans leurs orbites.

Maintenant, pensa Buffy.

Sans quitter le vampire des yeux, elle se déplaça sur la droite, s'écartant de la porte.

Mais une silhouette hideuse apparut sur le seuil de la capitainerie.

Ce Camazotz-là n'avait pas grand-chose de commun avec la créature boursouflée et pitoyable qu'il risquait de devenir. Ses ailes squelettiques mutilées par Zotziloha saillaient entre ses omoplates. Une monstrueuse cicatrice barrait sa poitrine dont le centre était encore ouvert, comme si la plaie était récente ou destinée à ne jamais guérir.

Buffy n'avait pas saisi la première fois, mais elle comprit que c'était ses Kakchiquels qui la lui avaient faite en pompant son énergie.

Elle avait presque oublié à quoi ressemblait Camazotz lors de leur rencontre initiale, avant qu'il sombre dans la folie.

Le monstre avait une épaisse chevelure noire et une longue barbe, un museau muni de fentes humides en guise de narines, et une peau verdâtre crayeuse constellée de marques de vérole. Son front était plissé comme celui d'un vampire. Plusieurs rangées de crocs garnissaient sa gueule. Ses doigts blancs, démesurément longs et minces, semblaient dépourvus de chair.

— Joins-toi à notre petite fête, Camazotz, dit-elle aimablement, le dos tourné au mur pour pouvoir surveiller à la fois le dieu-démon et le vampire qui tenait Giles dans ses griffes.

Son interlocuteur se rembrunit, sentant que quelque chose clochait.

— Tu me connais ?

— Mieux que tu ne crois.

Camazotz agita ses ailes mutilées et plissa ses yeux orange.

— Ces enfants, dehors… Ce sont des amis à toi, je présume ? Tu sais qu'ils vont mourir…

Evidemment, il avait repéré Willow, Alex et les autres au moment où il entrait dans la capitainerie. Mais il n'avait pas dû s'inquiéter de leur présence. Après tout, ce n'était que des humains. De *jeunes* humains.

— Ils risquent de te surprendre, lâcha Buffy.

Elle surveillait le capitaine du port du coin de l'œil, au

cas où l'arrivée de son maître le pousserait à faire quelque chose de stupide, comme briser le cou de Giles. Mais le vampire resta impassible. Quant à Camazotz, il se contenta de lâcher un grognement amusé.

— Cet homme signifie quelque chose pour toi, constata-t-il. C'est ton Observateur ?

Là encore, les mêmes mots…

Il avait une voix épaisse évoquant le bruit de succion des sables mouvants, et un léger accent que Buffy ne put identifier.

Elle regarda Giles, toujours inconscient, avant de revenir à Camazotz.

— Pas mon Observateur, non. Juste un ami.

Elle brandit son pieu.

Bien qu'elle n'ait pas envie de contribuer à la répétition de cette scène, elle ne put s'empêcher de provoquer Camazotz. Après tout, elle connaissait désormais ses points faibles.

— Alors, tu es le dieu des chauves-souris ? J'avoue que je m'attendais à des ailes un peu moins pitoyables, chez le tenant du titre.

Camazotz frémit.

— Ta petite femme t'a surpris en train de faire la sieste, pas vrai ? (De la pointe de son pieu, Buffy désigna les ailes squelettiques.) Tu arrives encore à voler avec ça ?

Camazotz perdit son sang-froid. Un grognement primitif sortit de sa gorge et ses yeux lancèrent des éclairs.

— Je savais que je devrais te détruire pour atteindre la Bouche de l'Enfer. Mais je suis prêt. J'ai bien élevé mes Kakchiquels. Ils ne te craignent pas, parce qu'ils n'ont jamais entendu parler de toi. Ils t'affronteront sans hésitation, car ils ignorent ce qu'est une Tueuse.

— Je sais, je sais… J'ai déjà entendu ça, répliqua Buffy, blasée.

Puis elle sourit

— Allez, l'infirme ! Je t'attends.

La chair de la créature sembla onduler sous l'effet de sa fureur. Les narines de Camazotz frémirent ; il se redressa de toute sa hauteur pour bondir.

Puis il se ravisa et sourit.

Buffy soupira, décidée à rejouer la scène jusqu'au bout et pria pour que les changements qu'elle avait pris soin d'y apporter suffisent à faire la différence.

— Tu m'asticotes pour que je perde toute prudence et que je t'affronte. Tu crois pouvoir me détruire et sauver ton… ami. Et peut-être en serais-tu capable.

— Mais tu arpentais déjà cette Terre bien avant que la vermine humaine ne l'infecte, et tu as eu le temps d'apprendre la prudence, récita Buffy. Je m'en souviens. Arrête de bavarder et passons aux choses sérieuses, tu veux bien ?

Camazotz la fixa, troublé qu'elle lui ait enlevé les mots de la bouche.

Puis il fit signe au capitaine du port.

— Si elle ne m'obéit pas, tue-le. Vide-le de son sang.

Il regarda Buffy. Sa langue se dressa entre ses crocs et courut sur ses lèvres trop fines.

— Jette ton pieu. Mets-toi à genoux et rampe jusqu'à moi.

CHAPITRE VIII

Mets-toi à genoux et rampe jusqu'à moi.

Et voilà. Le même moment, la même situation. Depuis son entrée dans la capitainerie, Buffy la retournait en tous sens, l'examinant sous toutes les coutures pour voir si elle aurait pu faire quelque chose différemment.

Si elle n'était pas entrée dans le bureau, Giles serait déjà mort. Si elle avait attaqué Camazotz ou son serviteur vampire, il aurait tué son mentor sans hésitation. Et à présent…

Si elle obéissait au dieu-démon, ils étaient morts tous les deux. Si elle luttait, Giles serait blessé et peut-être tué avant qu'elle ne l'atteigne. Et si elle s'enfuyait, elle ne sauverait qu'elle-même. Camazotz garderait Giles en vie pour tenter de la manipuler, mais elle avait déjà vécu cette nuit et savait qu'il deviendrait une créature encore plus terrifiante que le dieu antique.

Elle ne voulait pas se rendre, mais elle devait gagner du temps avec l'espoir que ses amis la rejoindraient et modifieraient les données du problème. Elle devait leur faire confiance.

Giles gémit. Il était en train de revenir à lui.

Camazotz toisa Buffy, la mettant au défi d'attaquer. Quand elle se laissa tomber à genoux sur le plancher, le visage inhumain du monstre se fendit d'un horrible rictus qui révéla ses rangées de crocs pointus comme des aiguilles, et un filet de bave coula sur son menton poilu.

— Maintenant, rampe, exigea-t-il.

Buffy leva les yeux vers lui. Son cœur battait la chamade, et elle retenait son souffle.

Quelques secondes passèrent sans qu'elle bouge.

— Rampe !

Buffy posa son pieu en priant pour avoir une chance de s'en servir. A contrecœur, elle se mit à quatre pattes et se traîna vers Camazotz.

— Buffy… Non, murmura son ancien Observateur.

Le dieu des chauves-souris éclata de rire.

Par la porte restée ouverte, la lame d'un cimeterre s'abattit sur son cou. Au dernier moment, Camazotz entendit ou devina l'attaque et voulut se retourner. La lame incurvée s'enfonça dans la chair putride de sa poitrine.

Willow tenta de dégager son arme. Quand le dieu-démon cria de rage, elle recula de deux pas en la lâchant.

Le vampire aux cheveux poivre et sel hoqueta de surprise en voyant son maître se débattre pour arracher le cimeterre de sa poitrine. Buffy ramassa son pieu et se jeta sur lui. D'un coup de pied, elle lui brisa un bras. Giles bascula en avant. Libre.

Le vampire gémit quand Buffy le saisit à la gorge et lui plongea son pieu dans le cœur. Il n'était pas encore tombé en poussière quand la Tueuse se tourna vers Camazotz.

Le dieu-démon avait réussi à arracher le cimeterre et se ramassait sur lui-même pour bondir sur Willow.

— Hé ! cria Buffy.

Le monstre se tourna vers elle, affaibli par sa blessure.

— Où en étions-nous ? demanda Buffy. Ah, oui. Tu allais te mettre à genoux et ramper jusqu'à moi.

Le dieu-démon lui lança un regard si haineux qu'elle frissonna. Mais l'énergie se ternissait déjà dans ses yeux. Désarçonné, il ne tenait pas à affronter la Tueuse.

— Ça n'était pas censé se passer ainsi, marmonna-t-il.

Buffy fit un pas vers lui.

— A qui le dis-tu…

Camazotz sauta sur le bureau et se jeta par la fenêtre.

— Non ! cria Buffy.

Quand elle baissa les yeux vers la rue, elle ne vit que des éclats de verre et des échardes de bois arrachées à l'encadrement de la fenêtre. Camazotz avait disparu.

— Je dois avouer qu'un instant, j'ai cru…, commença Giles en la rejoignant.

Buffy lui sourit. Il avait des égratignures sur le visage et le cou, plus une coupure au front qui saignait abondamment. Quand il leva une main pour effleurer l'arrière de son crâne, où le vampire l'avait frappé, il gémit de douleur.

— Vous êtes dans un sale état ! dit joyeusement Buffy.

Giles regarda autour de lui.

— Quelqu'un a vu mes lunettes ?

Elles gisaient sur le sol à quelques mètres de là. Buffy les ramassa et les lui tendit. Puis ils rejoignirent Willow près de la porte.

Dehors, Alex, Oz et Anya regardaient les six ou sept Kakchiquels survivants s'enfuir à toutes jambes. Contusionné et ensanglanté, Alex fit néanmoins mine de leur donner la chasse.

— Revenez vous battre, espèces de ventres-jaunes !

Mais il s'arrêta très vite, haletant, et se plia en deux, les mains posées sur ses genoux pour reprendre son souffle.

— Ventres-jaunes ? répéta Oz.

— Tu ne peux pas comprendre si tu n'es pas fan de John Wayne.

Buffy et Willow s'approchèrent, soutenant Giles. Les autres les entourèrent. Anya enlaça Alex et l'embrassa passionnément jusqu'à ce qu'il frémisse et se palpe la cage thoracique.

— Camazotz s'est enfui, annonça Willow.

— Génial, grommela Anya. Alex et moi, on n'a même

pas pris le temps de refaire le lit de Giles. On est venu ici parce que c'était urgent, on a gaspillé tout cet alcool pour fabriquer des bombes incendiaires, et vous, vous laissez s'échapper le méchant !

— Si ça peut te consoler, dit Buffy, Willow est intervenue juste à temps pour nous sauver la vie, à Giles et à moi.

Mais Giles ne lui prêtait aucune attention.

— Refaire mon lit ? demanda-t-il à Anya, sourcils froncés.

— Alors, intervint Alex, comment allons-nous le retrouver ?

— Je crois que je connais un moyen, affirma Buffy. Ça ne devrait pas être très difficile. Mais nous aurons besoin de l'aide de Lucy.

— En parlant de Lucy… Elle a été géniale, s'enthousiasma Willow. Elle a possédé une vampire qui portait un pantalon en cuir vraiment vulgaire, et elle nous a… Mais où est-elle passée ?

Alex et Anya se tournèrent vers Oz, qui prit un air dégagé et fourra les mains dans ses poches.

— Oz ? demanda Giles.

— Il l'a pulvérisée, expliqua Alex.

— Tu l'as tuée ? s'exclama Willow, horrifiée.

Oz haussa les épaules.

— Un accident… Je suis désolé, mais pour ce que j'en sais, les fantômes sont déjà morts.

— Quand même, murmura Buffy.

Elle regarda ses amis sans qui elle n'aurait pas survécu. Mais la nuit n'était pas encore terminée.

— Venez, dit-elle en désignant la voiture de Giles. Nous avons du pain sur la planche.

Allongé sur son canapé, Giles étudiait son appartement. Jamais il ne lui avait semblé aussi petit.

L'horloge murale égrenait bruyamment les secondes,

et il ne pouvait s'empêcher de la consulter toutes les deux minutes.

Minuit moins le quart. Pour une fois, Buffy et ses amis étaient étrangement silencieux. Le calme revenu lui faisait presque croire que le conflit avec Camazotz était résolu.

Mais il leur restait encore à livrer la bataille finale.

Ils étaient revenus à l'appartement une demi-heure plus tôt pour panser leurs plaies. Oz avait une vilaine entaille qu'il faudrait sans doute suturer. Giles avait nettoyé ses égratignures avec de l'alcool, s'efforçant de gémir assez bas pour que les autres ne l'entendent pas. Il aurait probablement une petite cicatrice sur le front, mais ses jeunes amis et lui l'avaient échappé belle. Tous avaient eu de la chance de ne pas être blessés plus gravement.

Alex et Anya étaient pelotonnés l'un contre l'autre sur le sol… Ça valait toujours mieux que dans son lit, selon Giles. Assis à la table de la salle à manger, Willow et Oz feuilletaient des ouvrages de magie pour s'assurer que le sort qu'ils allaient lancer produirait les résultats escomptés.

Buffy avait disposé des chandelles tout autour de la pièce. Comme ils n'en avaient pas assez de blanches, elle avait improvisé en utilisant des petites bougies d'anniversaire. A présent, elle les allumait l'une après l'autre avec le Zippo d'Anya.

Giles essuya ses lunettes de rechange – les autres avaient été cassées dans la bagarre – avec un coin de sa chemise, puis les remit sur son nez. Il s'approcha de Buffy alors qu'elle allumait la dernière bougie.

Elle lui fit face, et son regard s'éclaira. Giles fut ravi de voir l'affection qu'elle lui témoignait, mais il trouva ça un peu bizarre. Sa protégée se comportait comme si elle ne l'avait pas vu depuis des mois.

— Tu ne m'as pas tout dit…

— C'est une longue histoire.

— Tu sembles différente.

— Plus âgée, peut-être ?

— Euh, non… Mais tu étais si irritable ces derniers temps. Là, tu es redevenue toi-même.

Buffy fronça les sourcils sans faire de commentaire.

— Comment sais-tu tout ça ? insista Giles. Au sujet de Camazotz et de Zotziloha… Et crois-tu réellement que Willow apprendra l'alchimie en quelques heures ? Comment peux-tu être certaine que l'or est la faiblesse de Camazotz ?

— Vous devez me faire confiance. Et croire en Willow, répondit simplement Buffy.

— J'ai confiance et je crois en vous, mais… De l'alchimie ? Il doit y avoir un moyen plus facile de nous procurer une arme en or pour tuer Camazotz.

— Vous en avez une sous la main ?

— Euh… non, mais…

— Voulez-vous que Willow et moi allions piller la boîte à bijoux de nos mères, ou que nous cambriolions une bijouterie ?

— Bien sûr que non ! Mais si nous avions suffisamment d'or à fondre, nous pourrions nous contenter d'en recouvrir une dague ou un pieu.

— Outre que j'ignore si une arme en plaqué fonctionnerait aussi bien, savez-vous à quelle température fond l'or ? demanda Buffy.

Gêné, Giles détourna les yeux.

— Près de mille degrés.

— Ça m'étonnerait que votre four monte jusque-là.

— D'accord, mais… Essaye de comprendre. Pendant mes années d'étude du surnaturel, je n'ai jamais rencontré personne qui maîtrise ce processus alchimique.

— Je n'en suis pas surprise. Mais je sais que Willow peut y arriver.

La lumière des bougies nimbait le visage de la Tueuse

d'une douce lumière. Giles pensa qu'il ne l'avait jamais vue aussi fatiguée… et aussi sereine.

Buffy frappa dans ses mains, réveillant Alex et Anya, et attirant l'attention de Willow et d'Oz.

— Il est l'heure d'évincer les divinités mayas de Sunnydale pour pouvoir finir la nuit tranquille. Après, il me restera à trouver un moyen de convaincre le professeur Blaylock de ne pas me donner une note éliminatoire. Willow, tu es prête ?

— Giles a tous les ingrédients nécessaires. Je ne peux rien te garantir, mais je pense que ça nous permettra d'immobiliser cette menteuse de Prophétesse.

— Si Lucy n'est pas trop en colère contre Oz, nous avons une chance de réussir, conclut Buffy, satisfaite.

Buffy eut de nouveau l'impression que les événements se répétaient, même si les circonstances n'étaient pas tout à fait identiques.

D'abord, ils étaient dans l'appartement de Giles et il faisait nuit. Mais surtout, Giles était avec eux, sain, sauf et à peine égratigné. Il arborait une belle bosse, mais il avait déjà survécu à beaucoup de traumatismes crâniens.

Ses amis étaient plus forts qu'elle ne le croyait. Et ils étaient tous là. Vivants. Giles, Alex, Anya… Quelque part, Faith était toujours dans le coma. Et Angel s'efforçait de se racheter à Los Angeles. Si Buffy ignorait ce que l'avenir leur réservait, elle avait réussi à empêcher un futur catastrophique.

Mais il lui restait encore beaucoup à faire. Des bougies étaient disposées tout autour de la pièce et leur flamme orange vacillait sous le souffle d'une brise venue de nulle part.

Buffy et Willow étaient assises l'une en face de l'autre à la table de la salle à manger. Alex, Anya, Oz et Giles complétaient le cercle. Ça manquait un peu de décorum, mais ils n'avaient pas le temps de se conformer à l'étiquette du spiritisme. Pas le temps du tout.

Buffy voulait en terminer au plus vite.

— Faites le vide dans votre esprit, ordonna Willow.

Sa voix semblait différente : plus basse, plus confiante. Il fallut un moment à Buffy pour reconnaître celle de la puissante sorcière qu'elle deviendrait un jour.

Willow rouvrit brusquement les yeux et la foudroya du regard.

— J'ai dit : faites le vide dans votre esprit !

— Désolée..., souffla Buffy.

Les mêmes mots, plus la même situation... Elle avait altéré le passé, donc changé le futur. Mais elle ne prendrait pas une minute de repos avant d'avoir détruit Camazotz. Alors, cette affaire serait terminée.

Elle prit une longue inspiration et la retint un moment avant d'expirer très lentement, comme si c'était son dernier souffle. Une technique de méditation que Giles lui avait enseignée pendant son année de seconde, et qui fonctionnait à merveille.

— Dans l'espoir, la lumière et la compassion, nous ouvrons nos cœurs à tous ceux qui marchent entre les dimensions et qui pourraient entendre mon appel. Venez à notre aide en cette heure sombre.

Buffy sentit Oz lui saisir la main droite et Alex la gauche. Comme si le pouvoir de Willow, son âme naturellement en harmonie avec les énergies magiques, les reliait tous. Un circuit de magie bienfaisante, un phare qui envoyait un signal aux esprits de l'au-delà...

— Esprits de l'éther, portez ma voix le long des routes fantômes, transmettez mon message à chaque âme errante, continua Willow d'une voix chantante. Je suis en quête de Lucy Hanover, qui était autrefois la Tueuse, et qui désormais éclaire votre chemin entre ce monde et l'autre.

Après trente secondes de silence, Willow chuchota :

— Lucy, les âmes perdues t'ont-elles transmis mon message ?

La réponse fut immédiate.

— Il m'a fait mal !

Buffy ouvrit les yeux.

La silhouette spectrale de Lucy Hanover planait au-dessus de la table, foudroyant Oz du regard.

Le jeune homme détourna la tête.

— Désolé...

La flamme des bougies vacilla, faisant danser les ombres dans la pièce. Oubliant sa réserve naturelle, Lucy sourit.

— Tout est pardonné. Dans le feu de la bataille, avec tous ces vampires autour... Et pour être honnête, ça n'a pas fait si mal que ça. Je contrôlais seulement ce corps. Je ne l'habitais pas.

Buffy eut de la peine pour Lucy. Privée de son corps pendant quelque temps, elle avait fini par le retrouver. Elle avait du mal à imaginer ce qu'on ressentait quand on était vraiment mort.

— Je te salue de nouveau, amie Willow, dit Lucy. Je suis ravie de voir que tu n'as rien. (Puis elle regarda Buffy.) Une fois de plus, nous nous rencontrons, Tueuse. Je crois savoir pourquoi tu fais appel à moi. Tu veux que j'attire la Prophétesse ici et que je lui mente pour t'aider à la capturer.

— Si ça ne te dérange pas...

— Pas le moins du monde ! Cette créature t'a trompée et a rendu possible un futur cauchemardesque. Mais nous avons l'occasion de l'empêcher de nuire et de la punir.

— Ça, c'est parler comme une véritable Tueuse ! Merci.

Buffy baissa les yeux vers la boule de neige que quelqu'un avait ramenée à Giles de la station de ski d'Aspen. Un objet apparemment inoffensif. Willow l'avait entouré d'une ficelle noire qui décrivait une spirale s'achevant sous sa base.

— Je doute qu'elle te pose des problèmes. Zotziloha ne demande pas mieux que de venir à nous.

— Parce qu'elle veut ton corps, dit Alex.

Buffy le fit taire d'un regard et leva les yeux vers Lucy.

Le fantôme s'inclina.

— Je vais lui demander.

Puis elle disparut.

Oz fut le premier à rompre le cercle en lâchant la main de Buffy. Tous soupirèrent, clignèrent des yeux et se regardèrent en silence.

Buffy s'assura que le cercle de sel tracé sous la table par Willow et Anya était toujours intact. Malgré le soulagement de savoir Giles sauvé, et le calme dont elle avait fait preuve pendant qu'ils préparaient leur séance de spiritisme, elle se sentait nerveuse. Elle se souvenait de la douleur éprouvée au contact de Zotziloha, et de sa terreur quand elle avait repris connaissance dans le futur.

La créature par qui tout était arrivé, celle qui avait volé son corps. Camazotz était beaucoup plus impressionnant, et il devait être arrêté. Mais d'une certaine façon, Zotziloha était plus perverse que lui.

Pour la première fois depuis le sauvetage de Giles, Buffy s'avisa qu'elle ne sentait plus d'écho en elle. Ses deux âmes étaient redevenues une. Elle était de nouveau elle-même, entière, intacte et seule dans son enveloppe charnelle. Cela la rassura un peu.

Oz brisa le silence.

— Sacrée expérience, commenta-t-il.

— Et maintenant ? demanda Alex, menton pointé, comme pour mettre Buffy au défi de lui répondre.

Il ponctua sa question d'un froncement de sourcils.

— On attend.

Une rafale de vent s'engouffra dans la pièce. Les bougies s'éteignirent toutes en même temps.

La bourrasque tourbillonna jusqu'à former une minuscule tornade. Des ténèbres visqueuses en sortirent et se modelèrent pour esquisser une silhouette.

— La Prophétesse a accepté de vous rencontrer.

Regardant par la fenêtre, Buffy aperçut le fantôme de Lucy Hanover qui planait au-dessus du sol, vigilant et inquiet.

Quand elle s'intéressa de nouveau à la tornade, elle s'était dissipée, cédant la place à une silhouette de femme.

Elle n'avait pas de visage et de chair, ni même de brume pour lui donner forme. Elle se découpait au centre de la pièce tel un abîme envahi par la suie.

Mais elle parlait.

— Tueuse, tu m'as invoquée. En quoi puis-je t'être utile ?

Sa voix ressemblait à celle d'un gros fumeur à la gorge ravagée par le cancer. Rauque et douloureuse de lucidité.

Je te tiens, pensa Buffy.

— Vous pouvez me dire où trouver Camazotz, et ensuite, allez vous faire voir ! De préférence en Enfer, *Zotziloha*.

La fausse Prophétesse éclata de rire. Sa silhouette d'obsidienne scintilla, étrange portail entre deux mondes.

— Je ne sais pas comment vous m'avez percée à jour, dit-elle, mais vous ne m'êtes plus d'aucune utilité à présent. C'est une chance pour vous. Adieu.

Willow se leva.

— Pas si vite.

Buffy eut un instant de panique en voyant les ténèbres avancer vers son amie. Mais elles percutèrent la barrière invisible créée par le cercle de sel et le sort de Giles et Willow.

— Qu'avez-vous fait ? rugit la démone.

— Nous t'avons emprisonné, esprit cruel, répondit Lucy Hanover en s'approchant de la table.

Buffy se leva.

— Où est Camazotz ? Je sais que tu es toujours liée à lui. Sinon, il n'aurait pas pu retrouver ta trace.

Les ténèbres adoptèrent une forme vaguement féminine. Buffy crut distinguer l'ébauche d'un visage magnifique malgré la haine qu'il exprimait.

— Camazotz a gagné vos rivages dans le ventre d'un navire appelé le *Quintana Roo*. Un bateau désormais amarré dans le port de votre ville. Peu m'importe ce qu'il adviendra de lui. A présent, libère-moi, Tueuse.

Buffy fronça les sourcils.

— Tu croyais vraiment que je le ferais ?

Alors que l'esprit allait protester, Willow et Giles psalmodièrent. Zotziloha hurla. Une fois encore, les ténèbres tourbillonnèrent, tornade d'huile et de poix qui suivit la spirale de ficelle noire.

Au cœur de la boule de neige, les minuscules flocons s'agitèrent.

Zotziloha disparut. L'intérieur du globe était noir comme de l'encre. Un presse-papiers original pour la chambre des filles.

— Je parie que tu n'as rien vu venir, ricana Buffy. Tu parles d'une Prophétesse !

CHAPITRE IX

Pour la deuxième fois cette nuit-là, Willow occupait le siège du passager du van d'Oz, qui roulait vers le quartier du port, Alex et Anya assis à l'arrière.

A leur arrivée à Sunnydale, certains étudiants venus d'autres Etats avaient été surpris par la fraîcheur des nuits californiennes. Mais Willow était née et avait grandi ici. Bien qu'ils aient fait un crochet par le sous-sol d'Alex pour récupérer du matériel, ils n'avaient pas eu le temps de passer au dortoir, et elle le regrettait amèrement. Le vent glacé qui s'engouffrait par la vitre cassée la faisait frissonner.

— Quelqu'un d'autre que moi trouve que Buffy se comporte de façon bizarre ? lança Alex à la cantonade.

— Pas plus que d'habitude, marmonna Anya.

Personne d'autre ne répondit. En temps normal, ça n'aurait pas empêché Alex de déblatérer. Mais il se tut et Willow lui en fut reconnaissante. Elle aussi s'interrogeait sur l'attitude de Buffy, mais elle n'avait pas envie d'en parler.

Comment son amie savait-elle tant de choses au sujet de Camazotz et de Zotziloha ? Comment s'était-elle manifestée en esprit dans la chambre d'Oz ? Comment avait-elle connu le moment précis où Giles serait en danger ? Qui lui avait appris que Camazotz et ses Kakchiquels allaient leur tendre une embuscade ?

Alors que ces questions se bousculaient dans l'esprit

de Willow, ils arrivèrent au bord des quais. Comme Buffy le lui avait demandé, Oz se gara hors de vue des navires.

Un instant plus tard, la Citroën de Giles, où la Tueuse avait pris place, s'immobilisa derrière eux.

Ils sortirent tous en faisant le moins de bruit possible. Pendant que les autres récupéraient les armes dans le van et le coffre de la voiture, Willow contempla l'océan, qu'elle distinguait entre deux entrepôts. Même aveugle, elle aurait su où elle était en entendant le bruit du ressac et en humant l'air chargé d'iode.

Buffy s'approcha de Willow, un énorme arc dans les mains, un carquois garni de flèches dans le dos et la lanière d'une épée en bandoulière.

— Alors, tu es prête ?

— J'ai lu le texte d'alchimie de Saint Germain, et j'ai mémorisé le sort. Mais je t'ai déjà dit que je l'avais essayé, et que ça n'avait pas fonctionné. Giles doute que ça puisse marcher.

La jeune sorcière se sentait horriblement nerveuse. Si Buffy avait raison, l'or étant la seule faiblesse véritable de Camazotz, le succès de leur mission reposait sur ses épaules.

— Giles a tort, répondit simplement Buffy. Tu peux le faire. Puisque tu connais le secret…

— Justement, gémit Willow. Je ne le connais pas ! Et si on taillait plutôt Camazotz en pièces ? J'ai bien réussi à le blesser tout à l'heure. Je l'ai même fait saigner !

Buffy lui fit un sourire confiant, comme si elle savait quelque chose que son amie ignorait. D'un côté, cela augmenta la perplexité de Willow. De l'autre, ça l'aida un peu à se calmer.

— Ça, c'est le plan de secours. Camazotz n'est pas un monstre ordinaire. C'est le dieu des chauves-souris, tu t'en souviens ? Une ancienne divinité maya. Si on se contente de le tailler en pièces, on l'aura neutralisé un moment. Mais il finira par revenir.

— Et il voudra probablement se venger, soupira Willow. Les divinités sont rancunières.

— C'est vrai. Allons, Willow. Je sais que tu peux le faire.

— Puisque je connais le fameux secret que j'ignore.

— Moi, je le connais, annonça Buffy. Ça ne fonctionne pas si tu agis pour obtenir un gain personnel.

Willow réfléchit quelques instants.

— Ça paraît logique. Mais quand j'ai essayé de lancer le sort chez Giles, je ne le faisais pas pour moi. Juste parce que tu me l'avais demandé.

— Quelque part au fond de ton esprit, tu devais avoir conscience de tous les sacs à main et de toutes les chaussures que tu pourrais t'acheter avec un gros tas d'or.

Willow rosit.

— Et de tous les livres. N'oublie pas les livres. Mais c'est injuste. Je ne faisais vraiment pas ça pour moi. Comment ne pas penser à la valeur de l'or quand on essaye d'en fabriquer ?

— Maintenant, tu comprends pourquoi personne ne croit en l'alchimie.

— Alors, comment suis-je censée lancer ce sort ?

— Le moment venu, tu réussiras.

— Merci pour ta confiance, mais… Et si tu te trompais ?

Buffy désigna les deux véhicules.

— Si je me trompe, je crois que nous sommes prêts à appliquer le plan de secours.

Les autres avaient fini de s'équiper. Tous étaient habillés en noir, à l'exception d'Oz qui avait toujours son T-shirt des New York Yankees. Alex avait jeté sur son épaule une taie d'oreiller qui lui donnait l'air d'être le plus vieux farceur d'Halloween du monde. Anya tenait deux arbalètes comme des bébés dont elle n'aurait pas eu envie de changer la couche. Oz et Giles portaient le reste des armes dont ils s'étaient déjà servis plus tôt.

Seule l'épée de Buffy était différente. Dans l'obscurité, Willow n'avait pas reconnu l'arme qui avait jadis tué Angel.

— Je croyais que tu ne t'en servirais plus jamais…

— Ça m'a semblé approprié ce soir, répondit Buffy. Et ça va bien avec ma tenue.

Elle fit mine de se détourner, mais Willow la retint.

— Beaucoup de choses m'échappent. Mais je voudrais au moins savoir d'où tu tiens le secret de l'alchimie.

— C'est toi qui me l'as révélé !

Le *Quintana Roo* était amarré au bout du quai qui longeait la capitainerie, devant un vieil entrepôt que le feu avait ravagé quelques années plus tôt. C'était un cargo enregistré au Mexique mais appartenant à une compagnie d'export guatémaltèque qui avait fait faillite l'année précédente, comme Willow l'avait découvert sur Internet.

Buffy ignorait si le bateau avait été racheté, ou si les Kakchiquels avaient massacré son équipage pour s'en emparer. Mais ça n'avait pas d'importance. Bien qu'en piètre état – sa coque était un véritable patchwork de réparations –, le *Quintana Roo* était parvenu à transporter le dieu des chauves-souris et ses fidèles jusqu'à Sunnydale.

Les vagues venaient s'écraser sur les piliers de la jetée, qui craquaient en signe de protestation, et le vent giflait les amarres trempées du cargo. Si les nuages se dissipaient, révélant les étoiles, la lune n'était qu'un croissant lointain, trouée de lumière au milieu du plafond céleste.

Il n'y avait pas de caisses sur le pont du bateau, ni sur le quai. Buffy n'en fut pas surprise. Camazotz était une créature archaïque, mais il avait eu l'intelligence de transformer le capitaine du port en vampire au lieu de le tuer. Les Kakchiquels n'avaient donc plus besoin de justifier leur présence dans le port.

La Tueuse et ses amis se rassemblèrent en silence à l'ombre d'un navire voisin, le *Dériveur des Sargasses*. Accroupie derrière un rouleau de corde, Buffy observa les sentinelles postées au pied de la passerelle du *Quintana Roo*. L'une tourna la tête vers la jeune fille, qui retint son souffle.

Le vampire avait le crâne rasé et un nez aplati. Il ne parut pas la voir. Mais Buffy le reconnut. Autrefois, elle l'avait surnommé Bouledogue. Il était accompagné d'une femme dont le tatouage en forme de chauve-souris se détachait sur le visage peint en blanc. *Bille-de-Clown. Je vous avais presque oubliés, tous les deux.*

Buffy lutta contre l'impulsion de se jeter sur eux. Ça ne faisait pas partie du plan. Et elle les avait déjà éliminés une fois, même si c'était dans le futur.

La Tueuse se tourna vers ses amis, qui attendaient ses ordres. Elle avait confié les deux arbalètes à Giles et à Willow. A part elle, c'étaient eux qui tiraient le mieux. Anya avait pris le cimeterre, Oz une hache et Alex une épée. Avec un peu de chance, ils n'auraient pas besoin de s'en servir.

Buffy fit signe à Giles et à Willow. Comme prévu, ils gagnèrent l'entrepôt incendié. Alex et Anya se rapprochèrent de la Tueuse. Pour une fois, le premier ne plaisantait pas et la seconde ne protestait pas.

Buffy se glissa derrière une pile de caisses. Rien ne bougeait sur le pont du *Quintana Roo*. Elle saisit une des flèches à la pointe de bois dont elle avait garni son carquois et l'encocha dans son arc. Puis elle le banda et attendit. Ce soir, la patience serait la clé de la réussite. La patience et la discrétion.

Soudain, une explosion retentit dans l'entrepôt en

ruine. Bouledogue et Bille-de-Clown firent volte-face. Ils s'entretinrent à voix basse. Puis Bouledogue approcha du bâtiment. Il se déplaçait avec la grâce d'un prédateur en chasse.

Quand il se fut éloigné, Buffy siffla. Bille-de-Clown tourna la tête vers la pile de caisses qui la dissimulait. Alors, la Tueuse lâcha la corde de son arc. La flèche de bois transperça Bille-de-Clown et alla se planter dans un pilier derrière elle.

La vampire écarquilla les yeux et baissa la tête pour observer le trou. Puis elle explosa. La brise marine emporta ses cendres.

Bouledogue avait entendu le bruit de la flèche heurtant le pilier. Il voulut fuir, mais un carreau d'arbalète jaillit de l'entrepôt et le désintégra.

— Ouaiiiis ! triompha Alex.

Buffy lui fit signe de se taire. Puis elle ouvrit la voie vers le *Quintana Roo*. Les craquements de la jetée et de la coque du bateau couvriraient leur approche. Pourtant, elle marchait sur la pointe des pieds.

Quelques secondes passèrent avant que Willow et Giles n'émergent de l'entrepôt pour les rejoindre.

La Tueuse prit la taie d'oreiller d'Alex et s'engagea sur la passerelle métallique. Ses amis n'étaient pas aussi silencieux qu'elle, mais elle supposa que les Kakchiquels attribueraient le bruit à leurs sentinelles plutôt qu'à d'éventuels intrus. Camazotz les avait dressés pour qu'ils n'aient peur de rien, et ça les rendait imprudents.

Le pont du cargo était désert. Buffy fit signe à Alex, Anya et Giles d'aller à l'autre extrémité et attendit qu'ils se soient mis en position. Elle tendit la taie d'oreiller à Oz, qui en sortit une douzaine de petites sphères rondes dont les longues mèches avaient été attachées ensemble.

Puis elle encocha une autre flèche dans son arc.

Buffy siffla. Un cri aurait fait accourir les vampires, et

elle voulait seulement éveiller leur curiosité. N'obtenant aucune réaction, elle siffla de nouveau.

A la poupe et à la proue se dressaient deux portes permettant d'accéder aux ponts inférieurs. D'après les recherches de Willow sur la topographie de ce genre de bateau, l'une conduisait à la cuisine et aux quartiers de l'équipage, l'autre à la soute à marchandises.

Le visage d'un Kakchiquel apparut dans l'entrebâillement de la porte de gauche. Giles était le plus près. Il tira un carreau, et le vampire explosa.

Un de ses congénères passa la tête par l'autre porte. Willow le pulvérisa. Buffy avait testé la puissance de son arc et préférait ne pas s'en servir pour le moment de peur d'alerter tous les autres.

Au fil des minutes, cinq Kakchiquels supplémentaires périrent de la même façon. Déjà neuf morts. Ils n'avaient aucun moyen de savoir combien de laquais de Camazotz le *Quintana Roo* abritait, et leurs sifflements n'en attirèrent pas davantage.

Buffy regarda Giles, de l'autre côté du pont. Il hocha la tête. Puis elle fit signe à Oz d'allumer la mèche du bouquet de bombes fumigènes qu'Alex conservait dans son sous-sol depuis la dernière Fête Nationale.

Pendant qu'elle visait la porte de la soute, le jeune homme posa sa hache sur le pont et s'élança, la mèche crépitant dans sa main. Par l'entrebâillement de la porte, il jeta les bombes dans l'escalier.

Buffy retint son souffle.

Ils n'eurent pas longtemps à attendre. Des cris d'alarme retentirent sous leurs pieds. Ils furent suivis par le battement furieux de centaines d'ailes minuscules. Un nuage de vermine noire émergea sur le pont et vola en cercle au-dessus des intrus.

Oz alluma un paquet de pétards et les lança. Buffy sentit Willow frémir quand ils explosèrent. Les chauves-souris redoublèrent de piaillements offensés et se dispersèrent dans les ténèbres, en quête d'un endroit plus tranquille où passer la nuit.

Elles étaient le dernier souci de Buffy.

A cet instant, une nuée de Kakchiquels sortirent de la soute. Comme ils n'avaient pas besoin de respirer, la fumée ne les incommodait pas vraiment. Mais ils étaient là pour protéger leur maître. Ils se déversèrent sur le pont.

Ils étaient beaucoup plus nombreux que prévu. Jurant entre ses dents, Buffy logea une flèche dans le cœur du plus proche. Il explosa et le projectile continua sa trajectoire pour aller se planter dans l'épaule du vampire qui le suivait.

Le bateau tanguait et une brise froide balayait le pont.

Au loin, la cloche d'une bouée sonna, brisant le silence.

Une autre flèche fusa, un autre vampire explosa. Autour de Buffy, la bataille faisait rage. Willow tira un carreau sur une femme en chemise de lin sale. Le projectile manqua sa cible et la créature se jeta sur la jeune sorcière.

Oz décapita la buveuse de sang avant qu'elle puisse poser la main sur sa petite amie.

Un Kakchiquel arracha son arbalète à Giles, tandis qu'Alex et Anya jouaient maladroitement de leur lame pour repousser leurs agresseurs.

Un vampire à moitié nu, peau couleur de bronze et yeux orange luisants, bondit sur Buffy. Elle venait de tirer une flèche de son carquois, mais elle n'avait pas eu le temps de l'encocher. Elle se servit de son arc pour assommer le Kakchiquel, puis lui plongea la flèche dans le cœur comme un pieu.

Et un nuage de poussière de plus !

Mais il restait encore une dizaine de vampires, et ses amis semblaient en mauvaise posture. Lâchant son arc,

Buffy empoigna l'épée à la lame gravée de runes. Oz et Willow se débrouillaient à peu près ; elle courut donc vers les autres.

Alex éventra un Kakchiquel, mais les compagnons du vampire le plaquèrent au sol. Anya abattit son cimeterre sur le cou d'un des agresseurs. Encore, et encore. L'ex-démone n'était plus qu'une adolescente humaine ordinaire. Elle n'avait pas la force de décapiter un vampire.

Giles flanqua un coup de pied dans la tête d'un buveur de sang, l'empoigna d'une main par les cheveux et de l'autre par sa chemise, le souleva et le projeta par-dessus le bastingage.

Le Kakchiquel sur qui Anya s'acharnait se releva et voulut l'attaquer. Malheureusement pour lui, il se trouva sur la trajectoire de l'épée de Buffy. Sa tête roula sur le pont.

A travers le nuage de poussière, la Tueuse vit Giles empoigner un autre vampire à bras-le-corps. Elle allait prêter main-forte à son Observateur quand elle regarda Anya et vit qu'elle avait pâli.

Buffy tourna la tête au moment où Camazotz émergeait de la soute. Des étincelles orange crépitaient sur son corps, particulièrement sur la blessure que lui avait infligée Willow. Sa chair verdâtre et vérolée semblait presque noire au clair de lune.

Quand il prit pied sur le pont et se redressa de toute sa hauteur, Buffy imagina combien il avait dû être terrifiant du temps de sa gloire. Dieu des chauves-souris, prince des ombres.

— Tueuse, dit-il en l'apercevant.

Jamais il n'avait eu l'air si primitif.

Le vent mourut. Les combattants se figèrent. Des piaillements emplirent l'air quand les chauves-souris revinrent à tire-d'aile.

De la main gauche, Buffy saisit un pieu passé à sa ceinture et le lança à Willow.

— A toi de jouer.

La lèvre inférieure tremblante, la jeune sorcière chuchota quelque chose que Buffy n'entendit pas.

Rien ne se produisit.

Les chauves-souris fondirent sur Willow. L'une se prit dans ses cheveux. La jeune fille se débattit, cherchant à les éloigner.

Les Kakchiquels avancèrent de nouveau.

— Le plan de secours, vite ! cria Willow.

Non. Tu peux le faire, songea Buffy.

Mais elle n'avait plus le choix. L'épée à la main, elle bondit sur Camazotz. Le dieu-démon la frappa à la tempe. Buffy roula sur le pont et se releva d'un même mouvement. Elle lui porta un coup de pied dans la partie tendre de son abdomen, où se nourrissaient les Kakchiquels. Quand il cria de douleur, elle comprit qu'il était vulnérable.

— Tu aurais dû rester à ta place : sur la liste des réservistes du panthéon maya, le provoqua-t-elle en lui flanquant dans la mâchoire un coup de pied qui lui brisa plusieurs dents. Même comme époux, tu ne valais pas un sou. Il aurait mieux valu pour toi que tu laisses Zotzi… Que tu laisses ta femme s'enfuir.

Quelques chauves-souris fondirent sur elle, lui plantant leurs griffes dans le cuir chevelu. Elle les écarta d'un geste agacé.

Camazotz voulut la ceinturer mais il titubait, et elle était trop rapide pour lui. Buffy plongea entre ses bras ouverts et planta son épée dans la blessure faite par Willow. Puis elle tira vers le haut pour l'éventrer.

Le dieu-démon rugit. Il plaqua une main sur son abdomen et tendit l'autre vers elle. Des étincelles dansaient au bout de ses griffes. Buffy ne l'avait jamais vu se servir de son pouvoir. Un éclair jaillit de sa main. La Tueuse fit un bond pour esquiver. Il s'écrasa sur le pont, noircissant les planches.

Camazotz venait de gaspiller ses dernières forces. Buffy leva son épée et s'approcha, prête à l'achever. Le dieu-démon leva les yeux vers elle.

— C'est une honte d'en arriver là, car les Kakchiquels sont comme mes enfants. Mais je dois survivre. Et toi, Tueuse, tu dois mourir.

Ses ailes mutilées s'agitèrent comme s'il tentait de s'envoler. De nouveau, il tendit la main. Mais au lieu que le pouvoir jaillisse de ses griffes, ce fut l'inverse qui se produisit.

Les six Kakchiquels encore vivants hurlèrent quand des volutes d'énergie orange s'échappèrent de leur corps pour s'engouffrer dans celui de leur maître.

Ils se désintégrèrent. Une bourrasque emporta leurs cendres et les dispersa à la surface de l'océan. Les chauves-souris s'égaillèrent, libérées de l'emprise de Camazotz.

Le dieu-démon se redressa, ses yeux ressemblant à deux boules de feu. Ses plaies avaient disparu et ses ailes, qui paraissaient régénérées, battaient au rythme de sa respiration.

Camazotz avança vers Buffy avec la grâce et la rapidité d'un reptile.

Du coin de l'œil, la Tueuse vit ses amis accourir pour lui prêter main-forte.

— Stop ! cria-t-elle.

Ils s'immobilisèrent.

— Buffy, tu as besoin de nous, dit Giles.

Camazotz éclata de rire.

— J'ai besoin de vous vivants, répliqua Buffy.

— Tu ne vas pas recommencer !

— Non. Mais il y a des moments où vous devez me laisser faire. Reculez.

La Tueuse s'élança dans les airs et fit un saut périlleux

avant qui l'amena quatre bons mètres au-dessus du pont. En retombant, elle voulut abattre son épée sur le crâne du dieu-démon, mais il esquiva et la prit à la gorge.

Elle parvint quand même à enfoncer sa lame dans l'épaule de Camazotz.

Avec un cri de rage, le dieu-démon lui arracha son arme puis la jeta sur le pont comme si elle eût été une poupée de chiffon. Buffy se mordit la langue et sentit sa bouche se remplir de sang.

Derrière elle, Giles et Willow crièrent et elle vit Alex bondir sur Camazotz, une épée à la main. Elle voulut lui ordonner de ne pas s'en mêler, mais aucun son ne sortit de ses lèvres.

Le dieu-démon frappa Alex, qui vola dans les airs.

Buffy s'assit et secoua la tête pour s'éclaircir les idées. Elle entendit Willow incanter et réussit à comprendre les mots « or » et « feu ».

Puis son amie recula comme si quelqu'un l'avait giflée, et le pieu tomba sur le pont avec un bruit métallique.

Il était en or.

Buffy le ramassa.

— Tu... Qu'est-ce que... ? J'ai..., balbutia Willow.

— Merci. C'est exactement ce que j'avais commandé, dit la Tueuse.

Elle avait mal partout, et l'impression très désagréable que son crâne était en mille morceaux. Mais ça renforça sa détermination.

Dissimulant le pieu le long de sa jambe pour que Camazotz ne le voie pas, elle avança prudemment vers lui. Cette fois, elle ne commettrait pas l'erreur d'attaquer la première.

— Tu comptes m'affronter sans armes ? ricana le dieu-démon. Es-tu si pressée de mourir ?

— Pourquoi pas ? Du moment qu'on en finit...

Camazotz se jeta sur elle.

Buffy esquiva à peine. Elle sentit les griffes de la créature lui déchirer le flanc. De sa main gauche, elle lui saisit le bras, tirant pour l'obliger à se baisser. Sa main droite lui plongea le pieu en or dans l'œil.

Il y eut un bruit de ventouse quand elle le dégagea.

Camazotz plaqua ses mains griffues sur son visage.

Buffy bondit. Enroulant ses jambes autour de la taille du dieu-démon, elle brandit son pieu et le lui planta dans la poitrine pour transpercer son cœur démoniaque. Il mourut avant d'avoir touché le pont.

ÉPILOGUE

Buffy se releva. Elle prit une longue inspiration et baissa les yeux vers le cadavre du dieu maya.

Qu'elle se soit dissipée dans l'éther ou qu'elle ait été aspirée par son royaume d'origine, l'énergie qui brûlait en lui avait disparu. Camazotz était mort. À en croire les écrits d'un despote vampire qui n'existerait jamais, il ne pourrait pas revenir.

Son corps commençait déjà à se flétrir.

Tournant le dos au dieu mort, Buffy vit Alex ramasser son arc. Elle s'approcha de Giles, couvert d'estafilades et d'ecchymoses, et le serra si fort dans ses bras qu'il gémit.

— Aïe ! Une côte cassée… Elle était peut-être fêlée, mais tu l'as achevée.

Peu accoutumé à ces démonstrations, il s'écarta. Mais Buffy s'en fichait. Elle voulait lui faire comprendre ce qu'il représentait pour elle.

— Nous formons une bonne équipe, dit-elle. Tous !

— Je confesse que j'ai craint le pire tout à l'heure, dans le bureau du capitaine du port. Tu aurais dû t'enfuir, tu sais. M'abandonner entre les griffes de Camazotz. Il m'aurait sans doute gardé en vie pour se servir de moi comme monnaie d'échange. La première règle de la Tueuse…

— C'est de ne pas mourir, coupa Buffy. Mais parfois, il faut savoir enfreindre les règles.

— Excusez-moi ! claironna Alex qui revenait, les bras chargés d'armes. Je ne voudrais surtout pas interrompre le moment émouvant où nous nous félicitons d'être toujours en vie, mais que diriez-vous de quelques applaudissements ? Ils sont bien mérités, non ? Nous avons été tout bonnement spectaculaires, si je puis me permettre.

— On écrira des chansons à notre gloire, dit Oz, l'air solennel.

Buffy sourit. Les choses étaient redevenues ce qu'elles n'auraient jamais dû cesser d'être. Alex vivant et joyeux, Anya à ses côtés. Oz tranquille comme à l'accoutumée. Giles égal à lui-même. Willow doutant de ses capacités… Dès que possible, elle téléphonerait à Los Angeles pour entendre la voix d'Angel. Peut-être raccrocherait-elle sans lui parler, mais au moins, elle saurait qu'il était là.

— Vous avez été fantastiques ! Merci.

— J'ai failli me faire tuer deux ou trois fois et j'ai même aidé à sauver la vie d'Alex, dit Anya. Je me suis rendue utile. Et je me sens étrangement excitée par notre victoire.

— Tu as été géniale, assura Buffy. Vous avez tous été géniaux. Et bravo à Willow pour avoir réussi un tour de magie qui était impossible, selon Giles.

L'Observateur cligna des yeux et voulut protester.

— Ce n'était rien, se défendit modestement Willow. (Mais elle affichait un grand sourire.) Attendez une minute.

Elle s'approcha du cadavre pourrissant de Camazotz, empoigna le pieu à deux mains et le dégagea de sa poitrine en frémissant comme si elle craignait qu'il ne revienne à la vie. Mais il était bel et bien mort.

Willow se releva, s'approcha du bastingage et laissa tomber le pieu dans l'eau. Il coula immédiatement.

— Tu es folle ? s'indigna Alex. Sais-tu combien valait ce truc ?

— C'est la règle. L'alchimie fonctionne quand on n'espère pas en tirer un gain personnel.

— C'est nul, marmonna Alex. Je me demande qui a inventé cette idiotie.

Buffy frissonna en entendant cet écho d'un avenir qui n'existerait jamais. Son regard s'attarda sur Alex et Anya, tendrement enlacés...

Ce n'était rien de plus que l'écho d'un futur uniquement présent dans sa mémoire. August et Anna ne deviendraient peut-être jamais des Tueuses. Déjà, ses souvenirs s'estompaient. Mais elle ne voulait pas oublier. Et ne plus jamais considérer comme acquises les merveilles qu'elle avait la chance d'avoir.

Un moment, elle avait cru, pour être heureuse, devoir séparer ses deux existences. A présent, elle comprenait : sans les caractéristiques qui rendaient Buffy Summers unique, et sans les gens qui se souciaient d'elle, elle n'avait aucune chance de survivre.

Ensemble, s'appuyant les uns sur les autres, ils quittèrent le *Quintana Roo* et longèrent les quais jusqu'à l'endroit où ils s'étaient garés.

Willow s'approcha de Buffy.

— Tu nous dois une explication, tu sais, dit-elle à voix basse.

— Navrée d'avoir fait autant de cachotteries. Mais si ça ne te dérange pas, je n'ai pas envie d'en parler. Disons que j'ai eu une vision. C'est comme ça que j'ai su.

— Et elle s'est réalisée ?

— En partie. La bonne ! Tu es sacrément douée, sorcière !

— Merci. Et toi, tu ne te débrouilles pas trop mal, Tueuse ! Compliments mis à part, ce n'est pas que je m'en plaigne, mais depuis quand es-tu devenue aussi positive ?

— Nous sommes en vie, Willow. Ça risque de ne pas durer, mais pour le moment, nous survivons. Si nous

nous serrons les coudes, nous avons une chance de continuer.

En silence, elles rejoignirent les autres.

Buffy savait que la vie qu'elle venait de décrire à Willow – une existence faite de lutte constante et soumise à la menace omniprésente des forces des ténèbres – n'était pas la plus agréable qu'on pouvait imaginer.

Mais après ce qu'elle avait vu, ça lui suffirait amplement…

Achevé d'imprimer sur les presses de

BUSSIÈRE

GROUPE CPI

à Saint-Amand-Montrond (Cher)
en février 2002

FLEUVE NOIR
12, avenue d'Italie
75627 Paris Cedex 13
Tél. : 01-44-16-05-00

— N° d'imp. : 20381. —
Dépôt légal : février 2002.

Imprimé en France